万家灯火

双雪涛等 著

北方联合出版传媒（集团）股份有限公司
春风文艺出版社
·沈阳·

图书在版编目（CIP）数据

万家灯火 / 双雪涛等著 . — 沈阳 ：春风文艺出版社，2018.4（2021.1 重印）

ISBN 978-7-5313-5415-4

Ⅰ. ①万… Ⅱ. ①双… Ⅲ. ①散文集－中国－现代②散文集－中国－当代 Ⅳ. ① I266

中国版本图书馆 CIP 数据核字（2018）第 062623 号

北方联合出版传媒（集团）股份有限公司
春风文艺出版社出版发行
http://www.chunfengwenyi.com
沈阳市和平区十一纬路 25 号 邮编：110003
永清县晔盛亚胶印有限公司印刷

图书策划：单瑛琪　　责任编辑：张玉虹
助理编辑：胡志强　　责任校对：于文慧
封面设计：Amber Design 琥珀视觉　　版式设计：辽宁鼎籍文化创意有限公司
幅面尺寸：160mm × 230mm　　字　　数：170 千字
版　　次：2018 年 4 月第 1 版　　印　　次：2021 年 1 月第 2 次
书　　号：ISBN 978-7-5313-5415-4　　印　　张：13.5
定　　价：39.00 元

本书所涉部分文字作品著作权由中国文字著作权协会代理
电话：010-65978917，传真：010-65978926
E-mail:wenzhuxie@126.com

目　录

你是我窗口最温暖的烛光 …………………………双雪涛 001
我的母亲 …………………………………………老　舍 007
背　影 ……………………………………………朱自清 015
母　亲 ……………………………………………石评梅 019
遥远的苹果…………………………………………王智君 031
父亲的家书 ………………………………………柯云路 035
我的母亲 …………………………………………胡　适 039
老夫老妻 …………………………………………冯骥才 045
父　亲 ……………………………………………薛燕平 055
纺车声声 …………………………………………贾平凹 063

给　妻 ……………………………………………… 张国际 077
父　亲 ……………………………………………… 姚　良 081
不　舍 ……………………………………………… 赵　丽 087
有了小孩以后 ……………………………………… 老　舍 097
祖父死了的时候 …………………………………… 萧　红 103
父亲和他的故事 …………………………………… 胡也频 109
我的母亲 …………………………………………… 邹韬奋 119
风　筝 ……………………………………………… 鲁　迅 125
守岁烛 ……………………………………………… 缪崇群 129
一个人在途上 ……………………………………… 郁达夫 135
儿　女 ……………………………………………… 朱自清 143
正月里的思念 ……………………………………… 刘学敏 151
母亲的时钟 ………………………………………… 王鲁彦 155
父亲的教诲 ………………………………………… 谢尚发 165
大地的子宫 ………………………………………… 周齐林 169
多想成为你的骄傲 ………………………………… 边凌涵 187
这辈子最爱的人 …………………………………… 常　草 195
春漫漶 ……………………………………………… 沈　念 201
乡愁是一个监视器 ………………………………… 荆　方 207

你是我窗口最温暖的烛光

双雪涛

可能是因为写小说的缘故，我很难称得上是一个感情热烈的人，虚构品某种程度是一种偏得，也是一种消耗，至少对我来说，我把有限的奔腾置于纸上，开拓梦境，生活里经常面无表情。尤其过了三十岁，越发接近中年，一年也难得大笑或者尖叫一回，所以当我的儿子出生，我突然间流下眼泪，看着爱人面孔苍白，竟当着众人去吻她，实在是把自己吓了一跳。

儿子的生日蛮好，十月十号，东北的秋天通常有很多收成。他如猫一样小，脖子软绵绵，倚在护士的肩上大哭。我极想跟他自我介绍，可是转念一想，自此以后，命运纠缠，不消介绍也会相互了解。他有一双漆黑修长的睫毛，像女孩儿，可是小鸡鸡被护士公开展示，确凿无比。因是剖腹产，鼻腔里有些黏物，睡觉还有点打呼噜。第一晚，我几次起来喂奶，媳妇刀口剧痛，有屁放不出来，可还是几次把儿子抱在怀里，和他聊天。要知道，我这媳妇最不耐疼，在单位午睡，把胳膊压麻了都掉眼泪，而在下最爱睡觉，有点像狗，一旦被人惊醒，攻击性极强。那天夜里，我便清楚，我和她的人生就此改变，不用老师督导，不用父母叮咛，自我便修正了程序，或者换句话说，我们这俩独生子女，漫长的青春期宣告终结。

父亲在世时，母亲常说我和父亲太像，从背影看，几乎是一个人，个头不高，还爱哈腰。而父亲于我，除了父亲，还是领袖，我从小伙伴很少，就喜欢跟着他屁股玩。他会下棋，读书也多，年少时极爱斗殴，下乡时任青年点点长，怀揣两把匕首抓赌。也爱踢足球，司职边路，是个快马。为人相当孤傲，在工厂没有几个朋友，也不爱谈论自己，可是偏爱和我母亲及我聊天，即使在我狗屁不懂的年岁，也跟我讨论国家大事，金庸古龙。吃过晚饭，三口人打扑克，输了刷碗，按理说，父亲是个棋手，打牌应该也不差，可是不知为啥，几乎每次都输，然后就弓着腰去刷碗。据说我出生时，父亲原先等在产房门口，面目冷峻，听说生了，母子平安，竟一溜烟跑到爷爷处报喜，护士抱我出来，没有找到家属。等我回家，表哥摸了我一下，父亲上去踢他一脚，没深没浅，是你碰的？现在回忆，究其一生，似乎别无所求，只是在等我出现，然后把自己的那点本领和人格，全都赋予我，其方式偶尔粗暴，你还反天了？跟你妈怎么说话呢？大多数时候，在潜移默化里进行，想来他极清楚，在他的时代，他的价值被损毁，弹指一挥间，豪情壮志无觅处，大扫帚已把他扫到一边。而我，还有机会，承他的衣钵，追求正直与智慧，也许能替他，更为自己寻个精神上的出路。可惜我终于找到自己的灵魂安妥处，即准备以一生的耐心和执拗，做一个小说家，他却并不知晓，或者我无法确定他是否知晓。当我的儿子出生，家人围绕，指指点点，婴儿微笑酣睡，却独缺他一个。我跑得不慢，也想去跟他报喜，我在心里想象，啊，爸，爸会说什么？面对儿子的儿子，他是否也不允许别人去摸一摸？面对孙子的爸爸，他是否有话要向我嘱咐，常年做父亲的感悟？我以想象为业，可是此时却一边想象，一边阻挠自己，享受眼前的幸福吧，让一切前行吧，领受生活给予的所有东西吧。不要向任何人、任何事发难。

孩子的成长从不含糊，转过年来便会向隅而坐，过了不久，就在地上飞快地爬行，越过障碍，勇往直前，如同电动蚂蚁。有一天发现了天上的月亮，大喜，指着哇哇直叫，让我们同看。又过了几天，突然看着我说，爸。我说，碰巧吧，也许没有目标。他说，爸爸。我问，爸爸的儿子是谁？他拍拍自己。从那天开始，我们的血缘得到了他的确认。有时玩具不好使，气得跺脚，然后拍开我的书房，说，爸。我便去给他修好。他一点点知道了我的功能，类似于哆啦 A 梦，家中已无安静之地，家人帮我一起捍卫书房，每次他靠近，总有人把他抱开，可是他比任何人都固执，转头就再次爬来。我的书房于是经常被敲开，有时是尿了一泡绵长的尿，向我展示；有时是遇到了难题，比如爬不上沙发，或者把小车一脚踢到了床下。有时我会因为被打断而恼怒，大部分时候我把他从膝盖下抱起，把书房留给一个未完成的句子。一岁之后，我逐渐发现他不爱看动画片，偏爱看足球和象棋，看到巴塞罗那队的传控，会安静地坐上好一会儿。不久之后，我歪在沙发上看书，他开始和我抢笔，然后在我的书上乱画。我说，这个人叫沈从文，他便集中在这三个字上划拉，一会儿"沈从文"变得一片漆黑，好像敏感词。他喜欢听司马光砸缸的故事，尤其喜欢那个掉进缸里的小朋友，每当讲到：有个小孩儿却不听大人的话……他便抬起一条腿，模仿掉进缸里的动作。媳妇正在变成一个坚强的人，通过淘宝和代购，累积了信心，成了奶粉和湿疹方面的专家，一夜起来数次给孩子盖被，却未见消瘦；老人们全都焕发了活力，似乎多年的随遇而安是为了这个孩子积攒内在的光辉，一个个不知疲倦，极其狂热。我记得在一本书上看过，一个苏联女人，老布尔什维克，一生经历各个时期，十月革命，卫国战争，老了突然有一天说，我不在乎任何信仰，我现在只在乎我的孙子和外孙子，他们是我"窗口最重要的烛光"。现在才知，绝非虚言。

如今儿子已经能在园区里飞跑，和其他小朋友争夺玩具，也有了自己中意的女娃，每次见她就拨开众人和她握手。有天他和妈妈抢夺吃的，给了妈妈一小巴掌。我霍地站起说，你还反天了？众人愣住，看我说，他这么小，知道个啥？我坐下，极想他赶快长大，和我玩扑克，跟我踢足球，我可以去守门，可以去刷碗。也许我在愚蠢地企盼自己老去，但是同时，我也感觉到自己能做挺多事情。

我的母亲

老　舍

母亲的娘家是北平德胜门外，土城儿外边，通大钟寺的大路上的一个小村里。村里一共有四五家人家，都姓马。大家都种点不十分肥美的地，但是与我同辈的兄弟们，也有当兵的，做木匠的，做泥水匠的和当巡警的。他们虽然是农家，却养不起牛马，人手不够的时候，妇女便也须下地做活。

对于姥姥家，我只知道上述的一点。外公外婆是什么样子，我就不知道了，因为他们早已去世。至于更远的族系与家史，就更不晓得了;穷人只能顾眼前的衣食，没有工夫谈论什么过去的光荣;“家谱”这字眼，我在幼年就根本没有听说过。

母亲生在农家,所以勤俭诚实,身体也好。这一点事实却极重要，因为假若我没有这样的一位母亲，我以为我恐怕也就要大大地打个折扣了。

母亲出嫁大概是很早，因为我的大姐现在已是六十多岁的老太婆，而我的大外甥女还长我一岁呢。我有三个哥哥，四个姐姐，但能长大成人的，只有大姐、二姐、三哥与我。我是“老”儿子。生我的时候，母亲已有四十一岁，大姐二姐已都出了阁。

由大姐与二姐所嫁人的家庭来推断，在我生下之前，我的家里，大概还马马虎虎过得去。那时候订婚讲究门当户对，而大姐丈是做小官的，二姐丈也开过一间酒馆，他们都是相当体面的人。

可是，我，我给家庭带来了不幸：我生下来，母亲晕过去半夜，才睁眼看见她的老儿子——感谢大姐，把我揣在怀里，致未冻死。

一岁半，我的父亲被“克”死了。

兄不到十岁，三姐十二三岁，我才一岁半，全仗母亲独立抚养了。父亲的寡姐跟我们一块儿住，她吸鸦片，她喜摸纸牌，她的脾气极坏。

为我们的衣食，母亲要给人家洗衣服，缝补或裁缝衣裳。在我的记忆中，她的手终年是嫩红微肿的。白天，她洗衣服，洗一两大绿瓦盆。她做事永远丝毫也不敷衍，就是屠户们送来的黑如铁的布袜，她也给洗得雪白。晚间，她与三姐抱着一盏油灯，还要缝补衣服，一直到半夜。她终年没有休息，可是在忙碌中她还把院子屋中收拾得清清爽爽。桌椅都是旧的，柜门铜活久已残缺不全，可是她的手老使破桌面上没有尘土，残破的铜活发着光。院中，父亲遗留下的几盆石榴与夹竹桃，永远会得到应有的浇灌与爱护，年年夏天开许多花。

哥哥似乎没有同我玩耍过。有时候，他去读书；有时候，他去学徒；有时候，他也去卖花生或樱桃之类的小东西。母亲含着泪把他送走，不到两天，又含着泪接他回来。我不明白这都是什么事，而只觉得与他很生疏。与母亲相依为命的是我与三姐。因此，她们做事，我老在后面跟着。她们浇花，我也张罗着取水；她们扫地，我就撮土……从这里，我学得了爱花，爱清洁，守秩序。这些习惯至今还被我保存着。

有客人来，无论手中怎么窘，母亲也要设法弄一点东西去款待。舅父与表哥们往往是自己掏钱买酒肉食，这使她脸上羞得飞红，可是殷勤地给他们温酒做面，又给她一些喜悦。遇上亲友家中有喜丧事，母亲必把大褂洗得干干净净，亲自去贺吊——份礼也许只是两吊小钱。到如今我的好客的习性，还未全改，尽管生活是这么清苦，因为自幼看惯了的事情是不易于改掉的。

姑母常闹脾气。她单在鸡蛋里找骨头。她是我家中的阎王。直到我入了中学，她才死去，我可是没有看见母亲反抗过。“没受过婆婆的气，还不受大姑子的吗？命当如此！”母亲在非解释一下不足以平服别人的时候，才这样说。是的，命当如此。母亲活到老，穷到老，辛苦到老，全是命当如此。她最会吃亏。给亲友邻居帮忙，她总跑在前面：她会给婴儿洗三——穷朋友们可以因此少花一笔“请姥姥”钱——她会刮痧，她会给孩子们剃头，她会给少妇们绞脸……凡是她能做的，都有求必应。但是吵嘴打架，永远没有她。她宁吃亏，不斗气。当姑母死去的时候，母亲似乎把一世的委屈都哭了出来，一直哭到坟地。不知道哪里来的一位侄子，声称有继承权，母亲便一声不响，教他搬走那些破桌子烂板凳，而且把姑母养的一只肥母鸡也送给他。

可是，母亲并不软弱。母亲死在庚子闹“拳”的那一年。联军入城，挨家搜索财物鸡鸭，我们被搜过两次。母亲拉着哥哥与三姐坐在墙根，等着“鬼子”进门，街门是开着的。“鬼子”进门，一刺刀先把老黄狗刺死，而后入室搜索。他们走后，母亲把破衣箱搬起，才发现了我。假若箱子不空，我早就被压死了。皇上跑了，丈夫死了，鬼子来了，满城是血光火焰，可是母亲不怕，她要在刺刀下，饥荒中，保护着儿女。北平有多少变乱哪，有时候兵变了，街市整条地烧起，火团落在我们的院中。有时候内战了，城门紧闭，铺店关门，昼夜响着枪炮。这惊恐，这紧张，再加上一家饮食的筹划，儿女安全的顾虑，岂是一个软弱的老寡妇所能受得起的？可是，在这种时候，母亲的心横起来，她不慌不哭，要从无办法中想出办法来。她的泪会往心中落！这点软而硬的个性，也传给了我。我对一切人与事，都取和平的态度，把吃亏看作当然的。但是，在做人上，我有一定的宗旨与基本的法则，什么事都可以将就，而不能超过自己划好的界限。我怕见生人，怕办杂事，怕出头露面；但是到了非我去不可的时候，我便不敢不去，正像我的母亲。从私塾到小学，到中学，我经历过起码有二十位教师吧，其中有给我很大影响的，也有毫无影响的，但是我的真正的教师，把性格传给我的，是我的母亲。母亲并不识字，她给我的是生命的教育。

当我在小学毕了业的时候，亲友一致愿意我去学手艺，好帮助母亲。我晓得我应当去找饭吃，以减轻母亲的勤劳困苦。可是，我也愿意升学。我偷偷地考入了师范学校——制服，饭食，书籍，宿处，都由学校供给。只有这样，我才敢对母亲说升学的话。入学，要交十元的保证金。这是一笔巨款！母亲做了半个月的难，把这巨款筹到，而后含泪把我送出门去。她不辞劳苦，只要儿子有出息。当我由师范毕业，而被派为小学校长，母亲与我都一夜不曾合眼。我只说了句："以后，您可以歇一歇了！"她的回答只有一串串的眼泪。我入学之后，三姐结了婚。母亲对儿女是都一样疼爱的，但是假若她也有点偏爱的话，她应当偏爱三姐，因为自父亲死后，家中一切的事情都是母亲和三姐共同撑持的。三姐是母亲的右手。但是母亲知道这右手必须割去，她不能为自己的便利而耽误了女儿的青春。当花轿来到我们的破门外的时候，母亲的手就和冰一样的凉，脸上没有血色——那是阴历四月，天气很暖。大家都怕她晕过去。可是，她挣扎着，咬着嘴唇，手扶着门框，看花轿徐徐地离去。不久，姑母死了。三姐已出嫁，哥哥不在家，我又住学校，家中只剩母亲自己。她还须自晓至晚地操持，可是终日没人和她说一句话。新年到了，正赶上政府倡用阳历，不许过旧年。除夕，我请了两小时的假，由拥挤不堪的街市回到清炉冷灶的家中。母亲笑了。及至听说我还须回校，她愣住了。半天，她才叹出一口气来。到我该走的时候，她递给我一些花生："去吧，小子！"街上是那么热闹，我却什么也没看见，泪遮迷了我的眼。今天，泪又遮住了我的眼，又想起当日孤独地过那凄惨的除夕的慈母。可是慈母不会再候盼着我了，她已入了土！

儿女的生命是不依顺着父母所设下的轨道一掷千金的，所以老人总免不了伤心。我二十三岁，母亲要我结了婚，我不要。我请来三姐给我说情，老母含泪点了头。我爱母亲，但是我给了她最大的打击。时代使我成为逆子。二十七岁，我上了英国。为了自己，我给六十多岁的老母以第二次打击。在她七十大寿的那一天，我还远在异域。那天，据姐姐们后来告诉我，老太太只喝了两口酒，很早便睡下。她想念她的幼子，而不便说出来。

七七抗战后，我由济南逃出来。北平又像庚子那年似的被鬼子占据了。可是母亲日夜惦念的幼子却跑到西南来。母亲怎样想念我，我可以想象得到，可是我不能回去。每逢接到家信，我总不敢马上拆看，我怕，怕，怕，怕有那不祥的消息。人，即使活到八九十岁，有母亲便可以多少还有点孩子气。失了慈母便像花插在瓶子里，虽然还有色有香，却失去了根。有母亲的人，心里是安定的。我怕，怕，怕家信中带来不好的消息，告诉我已是失了根的花草。

去年一年，我在家信中找不到关于母亲的起居情况。我疑虑，害怕。我想象得到，若不是不幸，家中念我流亡孤苦，或不忍相告。母亲的生日是在九月，我在八月半写去祝寿的信，算计着会在寿日之前到达。信中嘱咐千万把寿日的详情写来，使我不再疑虑。十二月二十六日，由文化劳军的大会上回来，我接到家信。我不敢拆读。就寝前，我拆开信，母亲已去世一年了！

生命是母亲给我的。我之所以能长大成人，是母亲的血汗灌养的。我之能成为一个不十分坏的人,是母亲感化的。我的性格,习惯，是母亲传给的。她一世未曾享过一天福，临死还吃的是粗粮。唉！还说什么呢？心痛！心痛！

背　影

朱自清

我与父亲不相见已二年余了，我最不能忘记的是他的背影。

那年冬天，祖母死了，父亲的差事也交卸了，正是祸不单行的日子。我从北京到徐州，打算跟着父亲奔丧回家。到徐州见着父亲，看见满院狼藉的东西，又想起祖母，不禁簌簌地流下眼泪。父亲说：“事已如此，不必难过，好在天无绝人之路！”

回家变卖典质，父亲还了亏空；又借钱办了丧事。这些日子，家中光景很是惨淡，一半为了丧事，一半为了父亲赋闲。丧事完毕，父亲要到南京谋事，我也要回北京念书，我们便同行。

到南京时，有朋友约去游逛，勾留了一日；第二日上午便须渡江到浦口，下午上车北去。父亲因为事忙，本已说定不送我，叫旅馆里一个熟识的茶房陪我同去。他再三嘱咐茶房，甚是仔细。但他终于不放心，怕茶房不妥帖；颇踌躇了一会儿。其实我那年已二十岁，北京已来往过两三次，是没有什么要紧的了。他踌躇了一会儿，终于决定还是自己送我去。我再三劝他不必去；他只说：“不要紧，他们去不好！”

我们过了江，进了车站。我买票，他忙着照看行李。行李太多，得向脚夫行些小费才可过去，他便又忙着和他们讲价钱。我那时真是聪明过分，总觉他说话不大漂亮，非自己插嘴不可，但他终于讲定了价钱；就送我上车。他给我拣定了靠车门的一把椅子；我将他给我做的紫毛大衣铺好座位。他嘱我路上小心，夜里要警醒些，不要受凉。又嘱托茶房好好照应我。我心里暗笑他的迂：他们只认得钱，托他们只是白托！而且我这样大年纪的人，难道还不能料理自己吗？我现在想想，我那时真是太聪明了。

我说道：“爸爸，你走吧。”他望车外看了看，说：“我买几个橘子去。你就在此地，不要走动。”我看那边月台的栅栏外有几个卖东西的等着顾客。走到那边月台，须穿过铁道，须跳下去又爬上去。父亲是一个胖子,走过去自然要费事些。我本来要去的,他不肯，只好让他去。我看见他戴着黑布小帽，穿着黑布大马褂，深青布棉袍，蹒跚地走到铁道边，慢慢探身下去，尚不大难。可是他穿过铁道，要爬上那边月台，就不容易了。他用两手攀着上面，两脚再向上缩；他肥胖的身子向左微倾，显出努力的样子。这时我看见他的背影，我的泪很快地流下来了。我赶紧拭干了泪。怕他看见，也怕别人看见。我再向外看时,他已抱了朱红的橘子往回走了。过铁道时，他先将橘子散放在地上，自己慢慢爬下，再抱起橘子走。到这边时，我赶紧去搀他。他和我走到车上，将橘子一股脑儿放在我的皮大衣上。于是扑扑衣上的泥土，心里很轻松似的。过一会儿说:“我走了，到那边来信！”我望着他走出去。他走了几步，回过头看见我，说：“进去吧,里边没人。”等他的背影混入来来往往的人里,再找不着了，我便进来坐下，我的眼泪又来了。

近几年来，父亲和我都是东奔西走，家中光景是一日不如一日。他少年出外谋生,独力支持,做了许多大事。哪知老境却如此颓唐！他触目伤怀，自然情不能自已。情郁于中，自然要发之于外，家庭琐屑便往往触他之怒。他待我渐渐不同往日。但最近两年不见，他终于忘却我的不好，只是惦记着我，惦记着他的儿子。我北来后，他写了一信给我，信中说道：“我身体平安，唯膀子疼痛厉害，举箸提笔，诸多不便，大约大去之期不远矣。”我读到此处，在晶莹的泪光中，又看见那肥胖的、青布棉袍黑布马褂的背影。唉！我不知何时再能与他相见！

母亲

石评梅

母亲！这是我离开你，第五次度中秋，在这异乡——在这愁人的异乡。

我不忍告诉你，我凄酸独立在枯池旁的心境，我更不忍问你团圆宴上偷咽清泪的情况。

我深深地知道：系念着漂泊天涯的我，只有母亲；然而同时感到凄楚黯然，对月挥泪，梦魂犹唤母亲的，也只有你的女儿！

节前许久未接到你的信，我知道你并未忘记中秋；你不写的缘故，我知道了，只为了规避你心幕底的悲哀。月儿的清光，揭露了的，是我们枕上的泪痕；她不能揭露的，确是我们一丝一缕的离恨！

我本不应将这凄楚的秋心寄给母亲，重伤母亲的心；但是与其这颗心，悬在秋风吹黄的柳梢，沉在败荷残茎的湖心，最好还是寄给母亲。假使我不愿留这墨痕，在归梦的枕上，我将轻轻地读给母亲。假使我怕别人听到，我将折柳枝，蘸湖水，写给月儿，请月儿在母亲的眼里映出这一片秋心。

挹清嫂很早告诉我，她说："妈妈这些时为了你不在家怕谈中秋，然而你的顽皮小侄女昆林，偏是天天牵着妈妈的衣角，盼到中秋。我正在愁着，当家宴团圆时，我如何安慰妈妈？更怎能安慰千里外凝眸故乡的妹妹？我望着月儿一度一度圆，然而我们的家宴从未曾一次团圆。"

自从读了这封信，我心里就隐隐地种下恐怖，我怕到月圆，和母亲一样了。但是她已慢慢地来临，纵然我不愿撕月份牌，然而月儿已一天一天圆了！

十四的下午，我拿着一个月的薪水，由会计室出来，走到我办公处时，我的泪已滴在那一卷钞票上。母亲！不是为了我整天的工作，工资微少，不是为了债主多，我的钱对付不了，不是为了发得迟，不能买点异乡月饼，献给母亲尝尝，博你一声微笑。只因：为了这一卷钞票我才流落在北京，不能在故乡，在母亲的膝下，大嚼母亲赐给的果品。然而，我不是为了钱离开母亲，我更不是为了钱弃故乡。

你不是曾这样说吗，母亲，"你是我的女儿，同时你也是上帝的女儿，为了上帝你应该去爱别人，去帮助别人。去吧！潜心探求你所不知道的，勤恳工作你所能尽力的。去吧！离开我，然而你却在上帝的怀里。"

因之，我离开你漂泊到这里。我整天地工作，当夜晚休息时，揭开帐门，看见你慈爱的相片时，我跪在地下，低低告诉你："妈妈！我一天又完了。然而我只有忏悔和惭愧！我莫有捡得什么，同时我也未曾给人什么！"

有时我胜利地微笑，有时我痛恨地大哭，但是我仍这样工作，这样每天告诉你。

这卷钞票我如今非常爱惜，她曾滴满了我的思亲泪！但是我想到母亲的叮咛时，我很不安，我无颜望着这重大的报酬。

因此，我更想着母亲——我更对不起遥远的山城里，常默祝我尽职的母亲！

十五那天早晨很早就醒了，然而我总不愿起来；母亲，你能猜到我为了什么吗？

林家弟妹，都在院里唱月儿圆，在他们欢呼高亢的歌声里，激荡起我潜伏已久的心波，揭现了心幕底沉默的悲哀。我悄悄地咽着泪，揭开帐门走下床来；打开我的头发，我一丝一丝理着，像整理烦乱一团的心丝。母亲！我故意慢慢地迟延，两点钟过去了，我成功了的是很松乱的髻。

小弟弟走进来，给我看他的新衣裳，女仆走进来望着我拜节，我都付之一笑。这笑里映出我小时候的情形，映出我们家里今天的情形。母亲！你们春风沉醉的团圆宴上，怎堪想想寄人篱下的游子！

我想写信，不能执笔；我想看书，不辨字迹；我想织手工，我想抄心经，但是都不能。我后来想拿下墙上的洞箫，把我这不宁的心绪吹出；不过既非深宵，又非月夜，哪是吹箫的时节！后来我想最好是翻书箱，一件一件拿出，一本一本放回，这样挨过了半天，到了吃午餐时候。

不晓得怎样，在这里住了一年的旅客，今天特别局促起来，举箸时，我的心颤跳得更厉害；不知是否，母亲你正在念着我？一杯红艳艳的葡萄酒，放在我面前，我不能饮下去，我想家里的团圆宴上少了我，这里的团圆宴上却多了我。虽然人生旅途，到处是家，不过为了你，我才眷恋着故乡；母怀是我永久倚凭的柱梁，也是我破碎灵魂，最终归宿的坟墓。

母亲！你原谅我吧！当我情感流露时，允许我说几句我心里要说的话，你不要迷信不吉祥而阻止，或者责怪我。

我吃饭时候，眼角边看见炉香绕成个 A 字，我忽然想到你跪在观音面前烧香的样子，你唯一祷告的一定是我在外边“身体康健，一切平安”！母亲！我已看见你龙钟的身体，慈笑的面孔；这时候我连饭带泪一块儿咽下去。干咳了一声，他们都用怜悯的目光望我，我不由得低下头，觉着脸有点烧了。

母亲！这是我很少见的羞涩。

林家妹妹，和昆林一样大，她叫我“大姊姊”；今天吃饭时，我屡次偷看她，不晓得为什么因为她，我又想起围绕你膝下，安慰欢愉你的侄女。惭愧！你枉有偌大的女儿，母亲！

你枉有偌大的女儿！

吃完饭，晶清打电话约我去万牲园。这是我第一次去看她们创造成功的学校：地址虽不大，然而结构确很别致，虽不能及石驸马大街富丽的红楼，但似乎仍不失为小家碧玉的居处。

因此，我深深地感到她们缔造艰难的苦衷了！

清很凄清，因她本有几分愁，如今又带了几分孝，在一棵垂柳下，转出来低低唤了一声“波微”时，我不禁笑了，笑她是这般娇小！

我们聚集了八个人，八个人都是和我一样离开了母亲，和我一样在万里外漂泊，和我一样压着凄哀，强作欢笑地度这中秋节。

母亲！她们家里的母亲，也和你想我一样想着她们；她们也正如我般眷怀着母亲。

我们飘零的游子能凑合着在天涯一角底勉为欢笑，然而你们做母亲的，连凑合团聚，互谈谈你们心思的机会都莫有。

因之，我想着母亲们的悲哀一定比女孩儿们的深沉！

我们缘着乱石倾斜、摇摇欲坠的城墙走，枯干一片，不见一株垂柳绿荫。砖缝里偶尔有几朵小紫花，也莫有西山上的那样令人注目；我想着这世界已是被人摒弃了的。

一路走着，她们在前边，我和清留在后边。我们谈了许多去年今日，去年此时的情景；并不曾令我怎样悲悼，我只低低念着：

惊节序，

叹沉浮，

秾华如梦水东流。

人间何事堪惆怅，

莫向横塘问旧游。

走到西直门，我们才雇好车。这条路前几月我曾走过，如今令我最惆怅的，便是找不到那一片翠绿的稻田和那吹人醺醉的惠风；只感到一阵阵冷清。

进了门，清低低叹了口气，我问："为什么事你叹息？"她莫有答应我。多少不相识的游人从我身旁过去，我想着天涯漂泊者的滋味，沉默地站在桥头。这时，清握着我手说："想什么？我已由万里外归来。"

母亲！你当为了她伤心，可怜她无父无母的孤儿，单身独影漂泊在这北京城；如今歧路徘徊，她应该向哪处去呢？纵然她已从万里外归来，我固然好友相逢，感到愉快。但是她呢？她只有对着黄昏晚霞，低低唤她死了的母亲，只有望着皎月繁星洒几点悲悼父亲的酸泪！

猴子为了食欲，做出种种媚人的把戏，栏外的人也用了极少的诱惑，逗着它的动作；而且在每人的脸上，都轻泛着一层胜利的微笑，似乎表示他们是聪明的人类。

我和清都感到茫然，到底怎样是生存竞争的工具呢？当我们笑着小猴子的时候，我觉着似乎猴子也正在窃笑着我们。

她们许多人都回头望着我们微笑，我不知道为了什么！琼妹忍不住了。她说："你看梅花小鹿！"

我笑了，她们也笑了；清很注意地看着栏里。琼妹过去推她说：

“最好你进去陪着她，直到月圆时候。”

母亲！梅花小鹿的故事，是今夏我坐在葡萄架下告诉过你的；当你想到时，一定要拿起你案上那只泥做的梅花小鹿，看着它是否依然无恙；母亲！这是我永远留着它伴着你的。

经过了眠鸥桥，一池清水里，漂浮着几个白鹅；我望着碧清的池水，感到四周围的寂静。我的心轻轻地跳了，在这样死静的小湖畔，我的心不知为什么反而这样激荡着。我寻着人们遗失了的，在我偶然来临的路上；然而却失丢了我自己竞守着的，在这偶然走过的道上。

在这小桥上，我凝望着两岸无穷的垂柳。垂柳！你应该认识我，在万千来往的游人里，只有我是曾经用心的眼注视着你，这一片秋心，曾在你的绿荫深处停留过。

天气渐渐暗淡了，阳光慢慢叫云幕罩了；我们踏着落叶，信步走向不知道的一片野地里去。过了福香桥，我们在一个小湖边的山石上坐着，清告诉我她在这里的一段故事。

四个月前清、琼、逸来到这里。过了福香桥有一个小亭，似乎是从未叫人发现过的桃源。那时正是花开得十分鲜艳的时候，逸和琼折下柳条和鲜花，给她编了一顶花冠，逸轻轻地加在她的头上。晚霞笑了，这消息已由风儿送遍园林，许多花草树林都垂头朝贺她！

她们恋恋着不肯走，然而这顶花冠又不能带出园去，只好仍请逸把它悬在柳丝上。

归来的那晚上就接到翠湖的凶耗！清走了的第二个礼拜，琼和逸又来到这里，那顶花冠依然悬在柳丝上，不过残花败柳，已憔悴得不忍再睹。这时她们猛觉得一种凄凉紧压着，不禁对着这枯萎的花冠痛哭！不愿她再受风雨的摧残，拿下来把她埋在那个小亭畔；虽然这样，但是她却造成一段绮艳的故事。

我要虔诚地谢谢上帝，清能由万里外载着那深重的愁苦归来，更能来到这里重凭吊四月前的遗迹。在这中秋，我们能团集着；此时此景，纵然凄惨也可自豪自慰！

母亲！我不愿追想如烟如梦的过去，我更不愿希望那荒渺未卜的将来，我只尽兴尽情地快乐，让幻空的繁华都在我笑容上消灭。

母亲！我不敢欺骗你，如今我的生活确乎大大改变了，我不诅咒人生，我不悲欢人生，我只让属于我的一切事境都像闪电，都像流星。我时时刻刻这样盼着！当箭放在弦上时，我已想到我的前途了。

我们由动物园走到植物园，经过许多残茎枯荷的池塘，荒芜落叶的小径；这似我心湖一样的澄静死寂，这似我心湖边岸一样的枯憔荒凉。我在豳风堂前望着那一池枯塘，向韵姊说：“你看那是我的心湖！”

她不能回答我，然而她却说：“我应该向你说什么？”

我深深地了解她的心，她的心是这般凄冷。不过在这样旧境重逢时，她能不为了过去的春光惆怅吗？母亲！她是那年你曾鉴赏过她的大笔的；然而，她如椽的大笔，未必能写尽她心中的惆怅，因为她的愁恨是那样深沉难测呀！

天气阴沉得令人感觉不快，每个人都低了头幻想着自己心境中的梦乡；偶然有几句极勉强的应酬话，然而不久也在沉寂的空气中消失了。

清似乎想起什么一样，站起身来领着我就走，她说：“我领你到个地方去看看。”

这条道上，莫有逢到一个人。缘道的铁线上都晒着些枯干的荷叶，我低着头走了几十步，猛抬头看见巍峨高耸的四座塔形的墓。荒丛中走不过去，未能进去细看；我回头望望四周的环境，我觉着不如陶然亭的寥廓而且凄静，萧森而且清爽。陶然亭的月亮，陶然亭的晚霞，陶然亭的池塘芦花，都是特别为坟墓布置的美景，在这个地方埋葬几个烈士或英雄，确是很适宜的地方。

母亲！在陶然亭芦苇池塘畔，我曾照了一张独立苍茫的小像；当你看见它时，或许因为我爱的地方，你也爱它；我常常这样希望着。

我们见了颓废倾圮、荒榛没胫的四烈士墓，真觉为了我们的先烈难过。万牲园并不是荒野废墟，实不当忍使我们的英雄遗骨，受这般冷森和凄凉！就是不为了纪念先贤，也应该注意怎样点缀风景！我知道了，这或许便是中国内政的缩影吧！

隔岸有鲜红的山楂果，夹着鲜红的枫树，望去像一片彩霞。我和清拂着柳丝慢慢走到印月桥畔；这里有一块石头，石头下是一池碧清的流水；这块石头上，还刊着几行小诗，是清四月间来此假寐过的。她是这样处处留痕迹，我呢，我愿我的痕迹，永远留在我心上，默默地留在我心上。

我走到枫树面前，树上树下，红叶铺集着，远望去像一条红毡。我想捡一片留个纪念，但是我没有那样勇气，未曾接触它前，我已感到凄楚了。母亲！我想到西湖紫云洞口的枫叶，我想到西山碧云寺里的枫叶；我伤心，那一片片绯红的叶子，都给我一样的悲哀。

月儿今夜被厚云遮着，出来时或许要到夜半，冷森凄寒这里不能久留了；园内的游人都已归去，徘徊在暮云暗淡的道上的只有我们。

远远望见西直门的城楼时，我想当城圈里明灯辉煌，欢笑歌唱的时候，城外荒野尚有我们无家的燕子，在暮云底飞去飞来。母亲！你听到时，也为我们漂泊的游儿伤心吗？不过，怎堪再想，再想想可怜穷苦的同胞，除了悬梁投河，用死去办理解决一切生活逼迫的问题外，他们求如我们这般小姐们的呻吟而不可得。

这样佳节，给富贵人做了点缀消遣时，贫寒人确做了勒索生命的符咒。

七点钟回到学校，琼和清去买红玫瑰，芝和韵在那里料理果饼；我和侠坐在床沿上谈话。她是我们最佩服的女英雄，她曾游遍江南山水，她曾经过多少困苦；尤其令人心折的是她那娇嫩的玉腕，能飞剑取马上的头颅！我望着她那英姿潇洒的丰神，听她由上古谈到现今，由欧洲谈到亚洲。

八时半，我们已团团坐在这天涯海角，东西南北凑合成的盛宴上。月儿被云遮着，一层一层刚褪去，又飞来一块一块的絮云遮上；我想执杯对月儿痛饮，但不能践愿，我只陪她们浅浅地饮了个酒底。

我只愿今年今夜的明月照临我，我不希望明年今夜的明月照临我！假使今年此日月都不肯窥我，又哪能知明年此日我能望月！在这模糊阴暗的夜里，凄凉肃静的夜里，我已看见了此后的影事。母亲！逃躲的，自然努力去逃躲，逃躲不了的，也只好静待来临。我想到这里，我忽然兴奋起来，我要快乐，我要及时行乐；就是这几个人的团宴，明年此夜知道还有谁在？是否烟消灰熄？是否风流云散？

母亲！这并不是不祥的谶语，我觉着过去的凄楚，早已这样告诉我。

虽然陈列满了珍馔，然而都是含着眼泪吃饭；在轻笼虹彩的两腮上，隐隐现出两道泪痕。月儿朦胧着，在这凄楚的筵上，不知是月儿愁，还是我们愁?

杯盘狼藉的宴上，已哭了不少的人；琼妹未终席便跑到床上哭了，母亲！这般小女孩，除了母亲的抚慰外，谁能解劝她们?琼和秀都伏在床上痛哭！这谜揭穿后谁都是很默然地站在床前，清的两行清泪，已悄悄地滴满襟头！她怕我难过，跑到院里去了。我跟她出来时，忽然想到亡友，他在凄凉的坟墓里，可知道人间今宵是月圆。

夜阑人静时，一轮皎月姗姗地出来；我想着应该回到我的寓所去了。到门口已是深夜，悄悄的一轮明月照着我归来。

月儿照了窗纱，照了我的头发，照了我的雪帐；这里一切连我的灵魂，整个都浸在皎清如水的月光里。我心里像怒涛涌来似的凄酸，扑到床沿，双膝跪在地下，我悄悄地哭了，在你的慈容前。

遥远的苹果

王智君

我的亲爹在逃荒东北的路上饿死了，我随娘改嫁给一个姓王的“跑腿儿”，这是娘在我刚懂事时告诉我的。我的后爹黄白镜子脸，心眼儿不是很坏，当别人说三道四，尤其是多事的后奶唠叨白养活个外姓人时，后爹的脸会变得铁青，我和娘大气不敢喘。

我十岁那年八月节的前两天，在县城钢铁厂上班的三叔回村，我在村口看到了他，他拎个提包直奔前趟街的后奶家。我猜想提包里一定有不少好吃的，如果他手里没有那个提包，我也许会上前称呼他一声叔叔。我担心落个馋嘴坏孩子的名声，没有那么做，远远地躲在了一棵大杨树后面，等他身影离我远了，我爬上树撅了一些干树枝跑回家。刚进家门，瞧见后奶手里拿着两个小苹果在和娘嘀咕着啥。见我进屋，后奶迅速地把苹果塞进娘的围裙兜里。我假装没看见，走到水缸边咕咚咕咚喝了半瓢凉水。后奶看了我一眼，若无其事地往外支我："大小伙子了，就捡那么点柴火，还不再去多捡点。"娘也随着说："还不听奶的话快去。"我抹了一下嘴丫子的水珠，转身走了。其实我没走远，藏在门后偷听。"他三叔回来，拿了几个小苹果，二叔那边还有一帮孩子呢，给你们两个。"这是后奶的声音。我心里想：真偏心眼儿。我身下有一个弟弟一个妹妹，他们都是后爹亲生的，显然两个苹果没有我的份儿。不！即使是拿来三个我也捞不着的。上次后奶送好吃的就留了一手，背着我和娘给了后爹。我的眼泪悄悄淌下来，一直淌进嘴里，味道不是像有些人说的那样发咸，而是发苦发涩。"大的不用给，两个小的也不能一次给他们。"这是娘的声音。我从门缝看到娘把一个苹果用菜刀切成两半，和后奶进里屋哄弟弟妹妹去了，苹果丝丝的香甜气息钻进我的鼻孔，我像一片秋天枯黄的树叶孤独地随风飘去，浑身感到寒冷，心里诅咒后爹后奶。

天黑下来，全家人关灯上炕睡觉，我在间壁的小北屋听着南炕的动静。弟弟妹妹吵闹着还要吃苹果。“好东西不一下子吃了就能死！”娘生气地下炕走到外屋，切苹果的声音使我咽了一大口涎水。我好奇怪，娘的脚步声怎么离我越来越近，双脚好像已站在我头上的炕沿边，我仰脸一看，没等辨认清娘的脸，一长条苹果塞进我的嘴里。这条苹果是一个苹果的中间部分，因为苹果的小尾巴还在上面。我眼睛一热，喉咙发紧。我不忍心马上嚼碎嘴里的苹果，含在嘴里吮吸着它的汁液，好让美好幸福的母爱久留一会儿。苹果堵住了弟弟妹妹的小嘴，他们也不闹了。后爹唉了一声：“没给老大一块？”娘回应：“他睡了。”后爹咳嗽着下地，这是他到外屋马桶撒尿的前奏。我把头缩进被窝，想趁这段时间把嘴里的苹果嚼碎咽下，以防止后爹查看我验证娘的谎话。果不其然，大脚板趿拉鞋的声音离我越来越近，我快速地胡乱嚼碎嘴里的苹果，可火柴棍儿长短的小尾巴发艮怎么也嚼不碎，情急之下把它和苹果核一起咽进肚里。别说它是一个苹果的小尾巴，当时哪怕是个小刀片，为了不连累命苦的娘，我都会毫不迟疑地把它吞掉！苹果的小尾巴硌生生地划着我的肚皮儿，今天我都感觉到它讨厌。我紧闭双眼还装出睡熟的呼噜声，突然一只粗糙的大手给我被窝里塞进一个圆圆的大苹果，后爹的背影离开后，我把苹果贴在胸口怎么也睡不着。滚烫的泪水刹那迷蒙了双眼，并从眼角滚落。我用嘴狠狠咬着被角，以防止哭出声。我哭母爱的偷偷摸摸，我哭对后爹的错怪，我哭我苦命的甜蜜……

后来做了一个甜美的梦，梦中的我躺在弥漫着清香的苹果园里。

第二天，我凑到娘跟前，炫耀着拿出那个苹果：“这是爹昨晚给我的，娘，你咬一大口！”娘一下子把我搂在怀里，我眨着双眼望着她，等待她的嘴狠狠咬一下我手里的苹果。可娘的嘴角颤抖着，没有咬苹果，眼泪却像雨一样浇在我的脸上。

父亲的家书

柯云路

整理父亲遗物时，发现数封大伯的信件。每封家书，大伯都以“亲爱的锦祥胞弟”开头。父亲是极为细心的人，重要信件常会先打草稿，有些草稿会随回信一起存留，这就使得父亲自己的文字也保留下一些，“敬爱的尔文胞哥”，是父亲对大伯一以贯之的尊称。

父亲生长在上海浦东一个热闹的大家庭，奶奶一辈子生育过六男六女，这在今天简直不可想象。十二个子女存活下来八个，大伯和父亲是仅存的两个男孩，自然备受呵护。大伯年长父亲五岁，让长子成材是那个年代整个家族的梦想，在乡下务农的爷爷奶奶勉力培养大伯读至大学毕业，相当不易。待大伯能在社会立足，父亲的读书费用便全由大伯负担。可惜由于战乱，父亲未能读完大学就被迫辍学。

大伯并未辜负长辈期待，成为颇有成就的建筑设计师，在2003年致父亲的家书中，他这样表述自己的人生观：“在基点之上人分三类，一般努力，比较努力，很努力。”大伯显然把自己归于“很努力”的那种。他说：“我自幼树立正确人生观，在每个环节上都是努力争取做得完胜，这是能在一生工作上基本成功的所在。”大伯本名锦堂，大学毕业后考取一家法国人开办的建筑师事务所并出国工作，在国外时为交往方便，改名尔文。太平洋战争爆发后，大伯“思念家人父母，毅然回国”（大伯家书）。中华人民共和国成立后进入华东设计院直到退休。他的“最后两个设计作品是苏州南林宾馆和上海南京路海仓宾馆，都得到了好评”（大伯家书）。

父亲早期跟随大伯工作历练，在日记中用“恩情难忘，终身铭记”八个字形容胞兄的照顾和培养。中华人民共和国成立初期，父亲开始独自一人到北京工作，不久在“三反五反”运动中受人诬陷被打成“老虎”,关押在一处荒弃的校园,日夜审讯,强令交代“贪污罪行”。一夜，刚刚结束审讯，忽又从床上提起，一队“老虎”用绳子捆好被人押到室外，在漆黑夜色中游走，说是要上“刑场”。惊慌的一队人被牵着转了近两个小时，魂飞魄散之后再被押回。年轻的父亲此前一直在大伯的羽翼保护下，如此险恶何曾遭遇？消息传到上海家中，母亲正带着年幼的子女，急切中跑到大伯那里讨主意。大伯二话不说，当即让大伯母将她的金银首饰全数拿出，说救弟弟要紧，有天大的事等人出来再说。

母亲将我们托付给爷爷奶奶，独自怀揣着自家房契和大伯母的金银首饰到了北京，用这些东西换回了父亲的自由。清白的父亲自然不服，反复申诉后事情终于查清，确是有人诬告，真正的“老虎”被绳之以法，房契及大伯母的金银首饰被原样退还。这似乎是个喜剧的结尾，却给父亲的精神造成无法愈合的创伤。父亲生前多次忆起这段经历，感念大伯无私的救助，晚年更常常怀念儿时与大伯相处的快乐时光。

2008 年春，那时母亲已去世一年，大伯在信中平静地谈到了生死，他说：“人生是到了最后的阶段，过去到现在正在眼前，未知以后如何难测，百岁的人总是少数。”这是大伯给父亲的最后一封家书，而父亲在回信中则对大伯说：“感慨归感慨，还望多保重。”

2009 年春，多年一直在京的父亲无法排遣对上海亲人的思念，不顾子女的强烈反对，坚决要去探亲。其实大伯已九十开外的高龄，身患多种疾病；而父亲几年来也多次住进医院，所谓“风烛残年”。父亲到达上海的时候，大伯正住在医院，耳朵全聋，听不到任何声音，而父亲也要借助助听器才能勉强听得到一两句话。当年那个处处呵护胞弟的大哥无力地躺在病床上，耄耋之年的兄弟俩没有任何言语，只是相对微笑，用点头和目光表达着彼此的情意。对于这次见面，父亲在日记中这样写道："此次去上海探亲，自己尚可缓步走路，但时常鼻子过敏流涕。遗憾是尔文大哥身体不佳，七种病缠身，在5月10日那天，我差不多半天多给大哥按摩，手、足、腹、面孔等，强作笑脸。临分手时，忍不住悲哭而别！"

这就是兄弟二人的最后一次见面。

晚年的父亲每逢年节前都会给大伯一家写信问候，并寄一点钱表达心意。他的这些信件也不少留有底稿。他记下的最后一笔汇款在2012年1月，就在这个月份，他所尊敬的大嫂去世，不到一个月后，"敬爱的尔文胞兄"也撒手人寰。因父亲那时已极度虚弱，怕他伤心过度，只将大伯母去世的消息告知，也就是说，父亲生前并不知"敬爱的胞兄"已先他离去，还常以敬爱的胞兄尚高寿在世引为自慰。

父亲是与大伯同一年离世的，直到最后都对大伯怀着深深的眷恋。日记中有不少地方记述他对大伯的牵挂，他"常在梦中与之相会，醒来后辗转反侧，再难入眠"。

血浓于水，这就是同胞手足之情，恐怕是当代的独生子女很难体会的。而在互联网时代，电话、视频、微信等早已取代了家书，即使是亲人间的联络也不用那些贴着邮票的信件了。但"烽火连三月，家书抵万金"，于我而言，父辈这些手写的家书弥足珍贵，我会永久保存。

我的母亲

胡　適

我小时身体弱，不能跟着野蛮的孩子们一块儿玩。我母亲也不准我和他们乱跑乱跳。小时不曾养成活泼游戏的习惯，无论在什么地方，我总是文绉绉的。所以家乡老辈都说我“像个先生样子”，遂叫我作“穈先生”。这个绰号叫出去之后，人都知道三先生的小儿子叫作穈先生了。既有“先生”之名，我不能不装出点“先生”样子，更不能跟着顽童们“野”了。有一天，我在我家八字门口和一班孩子“掷铜钱”，一位老辈走过见了我，笑道：“穈先生也掷铜钱吗？”我听了羞愧得面红耳热，觉得大失了“先生”的身份！

大人们鼓励我装先生样子，我也没有嬉戏的能力和习惯，又因为我确是喜欢看书，所以我一生可算是不曾享过儿童游戏的生活。每年秋天，我的庶祖母同我到田里去“监割”（顶好的田，水旱无忧，收成最好，佃户每约田主来监割，打下谷子，两家平分），我总是坐在小树下看小说。

十一二岁时，我稍活泼一点，居然和一群同学组织了一个戏剧班，做了一些木刀竹枪，借得了几副假胡须，就在村田里做戏。我做的往往是诸葛亮、刘备一类的文角儿；只有一次我做史文恭，被花荣一箭从椅子上射倒下去，这算是我最活泼的玩意儿了。

我在这九年 (1895—1904) 之中，只学得了读书写字两件事。在文字和思想的方面，不能不算是打了一点底子。但别的方面都没有发展的机会。有一次我们村里“当朋”（八都凡五村，称为“五朋”，每年一村轮着做太子会，名为“当朋”），筹备太子会，有人提议要派我加入前村的昆腔队里学习吹笙或吹笛。族里长辈反对，说我年纪太小，不能跟着太子会走遍五朋。于是我失掉了这学习音乐的唯一机会。三十年来，我不曾拿过乐器，也全不懂音乐；究竟我有没有一点学音乐的天资，我至今还不知道。至于学图画，更是不可能的事。我常常用竹纸蒙在小说书的石印绘像上，摹画书上的英雄美人。有一天，被先生看见了，挨了一顿大骂，抽屉里的图画都被搜出撕毁了。于是我又失掉了学做画家的机会。

但这九年的生活，除了读书看书之外，究竟给了我一点做人的训练，在这一点上，我的恩师就是我的慈母。

每天天刚亮时，我母亲便把我喊醒，叫我披衣坐起。我从不知道她醒来坐了多久了。她看我清醒了，便对我说昨天我做错了什么事，说错了什么话，要我认错，要我用功读书。有时候她对我说父亲的种种好处。她说："你总要踏上你老子的脚步。我一生只晓得这一个完全的人，你要学他，不要跌他的股（跌股便是丢脸出丑）。"她说到伤心处，往往掉下泪来。到天大明时，她才把我的衣服穿好，催我去上早学。学堂门上的锁匙放在先生家里；我先到学堂门口一望，便跑到先生家里去敲门。先生家里有人把锁匙从门缝里递出来，我拿了跑回去，开了门，坐下念生书。十天之中，总有八九天我是第一个去开学堂门的。等到先生来了，我背了生书，才回家吃早饭。

我母亲管束我最严，她是慈母兼任严父。但她从来不在别人面前骂我一句，打我一下。我做错了事，她只对我一望，我看见了她的严厉眼光，便吓住了。犯的事小，她等到第二天早晨我睡醒时才教训我。犯的事大，她等人静时，关了房门，先责备我，然后行罚，或罚跪，或拧我的肉，无论怎样重罚，总不许我哭出声音来，她教训儿子不是借此出气叫别人听的。

有一个初秋的傍晚，我吃了晚饭，在门口玩，身上只穿着一件单背心，这时候我母亲的妹子玉英姨母在我家住。她怕我冷了，拿了一件小衫出来叫我穿上。我不肯穿，她说："穿上吧，凉了。"我随口回答："娘（凉）什么！老子都不老子呀。"我刚说了这句话，一抬头，看见母亲从家里走出，我赶快把小衫穿上。但她已听见这句轻薄的话了。晚上人静后，她罚我跪下，重重地责罚了一顿。她说："你没了老子，是多么得意的事！好用来说嘴！"她气得坐着发抖，也不许我上床去睡。我跪着哭，用手擦眼睛，不知道擦进了什么细菌，后来足足害了一年多的眼翳病。医来医去，总医不好。我母亲心里又悔又急，听说眼翳可以用舌头去，有一夜她把我叫醒，她真用舌头舔我的眼病。这是我的严师，我的慈母。

我母亲二十三岁做了寡妇，又是当家的后母。这种生活的痛苦，我的笨笔写不出一万分之一二。家中财政本不宽裕，全靠二哥在上海经营调度。大哥从小就是败子，吸鸦片烟，赌博，钱到手就光，光了就回家打主意，见了香炉就拿出去卖，捞着锡茶壶就拿出去押。我母亲几次邀了本家长辈来，给他定下每月用费的数目。但他总不够用，到处都欠下烟债赌债。每年除夕我家中总有一大群讨债的，每人一盏灯笼，坐在大厅上不肯去。大哥早已避出去了。大厅的两排椅子上满满的都是灯笼和债主。我母亲走进走出，料理年夜饭，谢灶神，压岁钱等事，只当作不曾看见这一群人。到了近半夜，快要"封门"了，我母亲才走后门出去，央一位邻舍本家到我家来，每一家债户开发一点钱。做好做歹的，这一群讨债的才一个一个提着灯笼走出去。一会儿，大哥敲门回来了。我母亲从不骂他一句。并且因为是新年，她脸上从不露出一点怒色。这样的过年，我过了六七次。

大嫂是个最无能而又最不懂事的人，二嫂是个很能干而气量很窄小的人。她们常常闹意见，只因为我母亲的和气榜样，她们还不曾有公然相骂相打的事。她们闹气时，只是不说话，不答话，把脸放下来，叫人难看；二嫂生气时，脸色变青，更是怕人。她们对我母亲闹气时，也是如此。我起初全不懂得这一套，后来也渐渐懂得看人的脸色了。我渐渐明白，世间最可厌恶的事莫如一张生气的脸；世间最下流的事莫如把生气的脸摆给旁人看。这比打骂还难受。

我母亲的气量大，性子好，又因为做了后母后婆，她更事事留心，事事格外容忍。大哥的女儿比我只小一岁，她的饮食衣料总是和我的一样。我和她有小争执，总是我吃亏，母亲总是责备我，要我事事让她。后来大嫂二嫂都生了儿子了，她们生气时便打骂孩子来出气，一面打，一面用尖刻有刺的话骂给旁人听。我母亲只装作不听见。有时候，她实在忍不住了，便悄悄走出门去，或到左邻立大嫂家去坐一会儿，或走后门到后邻度嫂家去闲谈。她从不和两个嫂子吵一句嘴。

每个嫂子一生气，往往十天半个月不歇，天天走进走出，板着脸，咬着嘴，打骂小孩子出气。我母亲只忍耐着，忍到实在不可再忍的一天，她也有她的法子。这一天的天明时，她就不起床，轻轻地哭一场。她不骂一个人，只哭她的丈夫，哭她自己苦命，留不住她丈夫来照管她。她先哭时，声音很低，渐渐哭出声来。我醒了起来劝她，她不肯住。这时候，我总听见前堂（二嫂住前堂东房）或后堂（大嫂住后堂西房）有一扇房门开了，一个嫂子走出房向厨房走去。不多一会儿，那位嫂子来敲我们的房门了。我开了房门，她走进来，捧着一碗热茶，送到我母亲床前，劝她止哭，请她喝口热茶。我母亲慢慢停住哭声，伸手接了茶碗。那位嫂子站着劝一会儿，才退出去。

没有一句话提到什么人，也没有一个字提到这十天半个月来的气脸，然而各人心里明白，泡茶进来的嫂子总是那十天半个月来闹气的人。奇怪得很，这一哭之后，至少有一两个月的太平清静日子。

我母亲待人最仁慈，最温和，从来没有一句伤人感情的话；但她有时候也很有刚气，不受一点人格上的侮辱。我家五叔是个无正业的浪人，有一天在烟馆里发牢骚，说我母亲家中有事请某人帮忙，大概总有什么好处给他。这句话传到了我母亲耳朵里，她气得大哭，请了几位本家来，把五叔喊来，她当面质问他给了某人什么好处。直到五叔当众认错赔罪，她才罢休。

我在我母亲的教训之下住了九年，受了她的极大极深的影响。我十四岁（其实只有十二岁零二三个月）便离开她了，在这广漠的人海里闯荡了二十多年，没有一个人管束过我。如果我学得了一丝一毫的好脾气，如果我学得了一点点待人接物的和气，如果我能宽恕人，体谅人——我都得感谢我的母亲。

老夫老妻

冯骥才

“为我们唱一支暮年的歌儿吧！”

他俩又吵架了。年近七十的老夫老妻，相依为命地共同生活了四十多年，也吵吵打打地一起度过了四十多年。一辈子里，大大小小的架，谁也记不得打了多少次。但是不管打得如何热闹，最多不过两个小时就能恢复和好，好得像从没吵过架一样。他俩仿佛两杯水倒在一起，怎么也分不开。吵架就像在这水面上划道儿，无论划得多深，转眼连条痕迹也不会留下。

可是今天的架打得空前厉害，起因却很平常——就像大多数夫妻日常吵架那样，往往是从不值得一提的小事上开始的——不过是老婆儿把晚饭烧好了，老头儿还趴在桌上通烟嘴，弄得纸块呀，碎布条哇，粘着烟油子的纸捻子呀，满桌子都是。老婆儿催他收拾桌子，老头儿偏偏不肯动。老婆儿便像一般老太太们那样叨叨起来。老婆儿们的唠唠叨叨是通向老头儿们肝脏里的导火线，不一会儿就把老头儿的肝火引着了。两人互相顶嘴，翻起对方多年来一系列过失的老账，话愈说愈狠。老婆儿气得上来一把夺去烟嘴塞在自己的衣兜里，惹得老头儿一怒之下，把烟盒扔在地上，还嫌不解气，手一撩，又将烟灰缸子打落地上。老婆儿则更不肯罢休，用那嘶哑、干巴巴的声音说：“你摔呀！把茶壶也摔了才算有本事呢！”

老头儿听了，竟像海豚那样从座椅上直蹿起来，还真的抓起桌上沏满热茶的大瓷壶，用力叭地摔在地上，老婆儿吓得一声尖叫，看着满地碎瓷片和溅在四处的水渍，直气得她那年老而松垂下来的两颊的肉猛烈抖颤起来，冲着老头儿大叫：“离婚！马上离婚！”

这是他俩还都年轻时，每次吵架吵到高潮，她必喊出来的一句话。这句话头儿次曾把对方的火气压下去，后来由于总不兑现便失效了；但她还是这么喊，不知是一时为了表示自己盛怒至极，还是迷信这句话最具有威胁性。六十岁以后她就不知不觉地不再喊这句话了。今天又喊出来，可见她已到了怒不可遏的地步。

同样的怒火也在老头儿的心里撞着，就像被斗牛士手中的红布刺激得发狂的牛，在看池里胡闯乱撞。只见他嘴里一边像火车喷气那样不断发出嗜嗜的声音，一边急速而无目的地在屋子中间转着圈。转了两圈，站住，转过身又反方向地转了两圈，然后冲到门口，猛拉开门跑出去，还使劲叭的一声带上门。好似从此一去就再不回来。

老婆儿火气未消，站在原处，面对空空的屋子，还在不住地出声骂他。骂了一阵子，她累了，歪在床上，一种伤心和委屈爬上心头。她想，要不是自己年轻时候得了肠结核那场病，她会有孩子的。有了孩子，她可以同孩子住去，何必跟这愈老愈执拗、愈急躁、愈混账的老东西生气？可是现在只得整天和他在一起，待见他，给他做饭，连饭碗、茶水、烟缸都要送到他跟前，还得看着他对自己要脾气……她想得心里酸不溜秋，几滴老泪从布满一圈细皱的眼眶里溢出来。

过了很长时间，墙上的挂钟当当响起来，已经八点钟了。他们这场架正好打过了两个小时。不知为什么，他们每次打架过后两小时，心情就非常准时地发生变化，好像大自然的节气一进“七九”，封冻河面的冰片就要化开那样。刚刚掀起大波大澜的心情渐渐平息下来，变成浅浅的水纹一般。她耳边又响起刚才打架时自己朝老头儿喊的话：“离婚！马上离婚！”她忽然觉得这话又荒唐又可笑。哪有快七十的老夫老妻还打离婚的？她不禁扑哧一下笑出声来。这一笑，她心里一点皱褶也没了，连一点点怒意、埋怨和委屈的心情也都没了。她开始感到屋里空荡荡的，还有一种如同激战过后的战地那样出奇的安静，静得叫人别扭、空虚、没着没落的。于是，悔意便悄悄浸进她的心中。她想，两人一辈子什么危险急难的事都经受过来了，像刚才那么点小事还值得吵闹吗？——她每次吵过架冷静下来时都要想到这句话。可是……老头儿总该回来了；他们以前吵架，他也跑出去过，但总是一个小时左右就悄悄回来了。但现在已经两个小时仍没回来。他又没吃晚饭，会跑到哪儿去呢？外边正下大雪，老头儿没戴帽子、没围围巾就跑了，外边地又滑，瞧他临出门时气冲冲的样子，别不留神滑倒摔坏吧？想到这儿，她竟在屋里待不住了，用手背揉揉泪水干后皱巴巴的眼皮，起身穿上外衣，从门后的挂衣钩儿上摘下老头儿的围巾、棉帽，走出房子去了。

雪下得正紧，积雪没过脚面。她左右看看，便向东边走去。因为每天早上他俩散步就先向东走，绕一圈儿，再从西边慢慢走回家。

夜色并不太暗，雪是夜的对比色，好像有人用一支大笔蘸足了白颜色把所有树枝都复勾一遍，使婆娑的树影在夜幕上白茸茸、远远近近、重重叠叠地显现出来。雪还使路面变厚了，变软了，变美了；在路灯的辉映下，繁密的大片大片的雪花纷纷而落，晶晶莹莹地闪着光，悄无声息地加浓它对世间万物的渲染。它还有种潮湿而又清洌的气息，有种踏上去清晰悦耳的咯吱咯吱声；特别是当湿雪蹭过脸颊时，别有一种又痒、又凉、又舒服的感觉。于是这普普通通、早已看惯了的世界，顷刻变得雄浑、静穆、高洁，充满活鲜鲜的生气了。

她一看这雪景，突然想到她和老头儿的一件遥远的往事。

五十年前，她和他都是不到二十岁的欢蹦乱跳的青年，在同一个大学读书。老头儿那时可是个有魅力、精力又充沛的小伙子，喜欢打排球、唱歌、演戏，在学生中属于“新派”，思想很激进。她不知是因为喜欢他、接近他，自己的思想也变得激进起来，还是由于他俩的思想常常发生共鸣才接近他、喜欢他的。他们在一个学生剧团。她的舞跳得十分出众。每次排戏回家晚些，他都顺路送她回家。他俩一向说得来，渐渐却感到在大庭广众中间有说有笑，在两人回家的路上反而没话可说了。两人默默地走，路显得分外长，只有脚步声，那是一种甜蜜的尴尬呀！

她记得那天也是下着大雪，两人踩着雪走，也是晚上八点来钟，她从多少天对他的种种感觉中，已经又担心又期待地预感到他这天要表示些什么了。在沿着河边的那段宁静的路上，他突然仿佛抑制不住地把她拉到怀里去。她猛地推开他，气得大把大把抓起地上的雪朝他扔去。他呢？竟然像傻子一样一动不动，任她用雪打在身上，直打得他浑身上下像一个雪人。她打着打着，忽然停住了，呆呆看了他片刻，忽然扑向他身上。她感到，他有种火烫般的激情透过身上厚厚的雪传到她身上。他们的恋爱就这样开始了。——从一场奇特的战斗开始的。

多少年来，这桩事就像一张画儿那样，分外清楚而又分外美丽地收存在她心底。每逢下雪天，她就不免想起这桩醉心的往事。年轻时，她几乎一见到雪就想到这事；中年之后，她只是偶然想到，并对他提起，他听了都要会意地一笑，随即两人都沉默片刻，好像都在重温旧梦。自从他们步入风烛残年，即使下雪天气也很少再想起这桩事。是不是一生中经历的事太多了，积累起来就过于沉重，把这桩事压在底下拿不出来了？但为什么今天它却一下子又跑到眼前，分外新鲜而又有力地来撞她的心……

现在她老了，与那个时代相隔半个世纪了。时光虽然依旧带着他们往前走，却也把他们的精力消耗得快要枯竭了。她那一双曾经蹦蹦跳跳、多么有劲的腿，如今僵硬而无力；常年的风湿病使她的膝头总往前屈着，雨雪天气里就隐隐发疼；此刻在雪地里，每一步踩下去都是颤巍巍的，每一步抬起来都费力难拔。一不小心，她滑倒了，多亏地上是又厚又软的雪。她把手插进雪里，撑住地面，艰难地爬起来，就在这一瞬间，她又想起另一桩往事——

啊！那时他俩刚刚结婚，一天晚上去平安影院看卓别林的《摩登时代》。他们走进影院时，天空阴沉沉的。散场出来时一片皆白，雪还下着。那时他们正陶醉在新婚的快乐里，内心的幸福使他们把贫穷的日子过得充满诗意。瞧那风里飞舞的雪花，也好像在给他们助兴，满地的白雪如同他们的心境那样纯净明快。他们走着走着，又说又笑，跟着高兴地跑起来。但她脚下一滑，跌在雪地里。他跑过来伸给她一只手，要拉她起来。她却一打他的手："去，谁要你来拉！"

她的性格和他一样，有股倔劲儿。

她一跃就站了起来。那时是多么轻快呀，像小鹿一般，而现在她又是多么艰难哪，像衰弱的老马一般。她多么希望身边有一只手，希望老头儿在她身边！虽然老头儿也老而无力了，一只手拉不动她，要用一双手才能把她拉起来。那也好！总比孤孤单单一个人好。她想到楼上邻居李老头儿，"文化大革命"初期老伴被折腾死了。尽管有个女儿，婚后还同他住在一起，但平时女儿、女婿都上班，家里只剩李老头儿一人；星期天女儿、女婿带着孩子出去玩，家里依旧剩李老头儿一人。——年轻人和老年人总是有距离的。年轻人应该和年轻人在一起玩，老人得有老人为伴。

真幸运呢！她这么老，还有个老伴。四十多年如同形影，紧紧相随。尽管老头儿爱急躁，又固执，不大讲卫生，心也不细，等等，却不失为一个正派人，一辈子没做过一件亏心的、损人利己的、不光彩的事。在那道德沦丧的岁月里，他也没丢弃过自己奉行的做人的原则。他迷恋自己的电气传动专业，不大顾及家里的事。如今年老退休，还不时跑到原先那研究所去问问、看看、说说，好像那里有什么事与他永远也无法了结。她还喜欢老头儿的性格，真正的男子气派，一副直肠子，不懂得与人记仇记恨；粗心不是缺陷，粗线条才使他更富有男子气……她愈想，老头儿似乎就愈可爱了。两小时前能够一样样指出来、几乎无法忍受的老头儿的可恨之处，也不知都跑到哪儿去了。此刻她只担心老头儿雪夜外出，会遇到什么事情。她找不着老头儿，这担心就渐渐加重。如果她的生活里真丢了老头儿，会变成什么样子？多少年来，尽管老头儿夜里如雷一般的鼾声常常把她吵醒，但只要老头儿出差外地，身边没有鼾声，她反而睡不着觉，仿佛世界空了一大半……想到这里，她就有一种马上把老头儿找到身边的急渴的心情。

她在雪地里走了一个多小时，大概快有十点钟了，街上没什么人了,老头儿仍不见,雪却稀稀落落下小了。她两脚在雪里冻得生疼，膝头更疼，步子都迈不动了，只有先回去，看看老头儿是否已经回家了。

她往家里走。快到家时，她远远看见自己家的灯亮着，灯光射出，有两块橘黄色窗形的光投落在屋外的雪地上。她心里怦地一跳："是不是老头儿回来了？"

她又想，是她刚才临出家门时慌慌张张忘记关灯了，还是老头儿回家后打开的灯？

走到家门口，她发现有一串清晰的脚印从西边而来，一直拐向她楼前的台阶。这是老头儿的吧？跟着她又疑惑这是楼上邻居的脚印。

她走到这脚印前弯下腰仔细地看，这脚印不大不小，留在踏得深深的雪窝里。她却怎么也辨认不出是否老头儿的脚印。

"天哪！"她想，"我真糊涂，跟他生活一辈子，怎么连他的脚印都认不出来呢？"

她摇摇头，走上台阶打开楼门。当将要推开屋门时，心里默默地念叨着："愿我的老头儿就在屋里！"这心情只有在他们五十年前约会时才有过。初春时曾经撩拨人心的劲儿，深秋里竟又感受到了。

屋门推开了，啊！老头儿正坐在桌前抽烟。地上的瓷片都扫净了。炉火显然给老头儿捅过，呼呼烧得正旺。顿时有股甜美而温暖的气息，把她冻得发僵的身子一下子紧紧地攫住。她还看见，桌上放着两杯茶，一杯放在老头儿跟前，一杯放在桌子另一边，自然是斟给她的……老头儿见她进来，抬起眼看她一下，跟着又温顺地垂下眼皮。在这眼皮一抬一垂之间，闪出一种羞涩的、发窘、歉意的目光。每次他俩闹过一场之后，老头儿眼里都会流露出这目光。在夫妻之间，打过架又言归于好，来得分外快活的时刻里，这目光给她一种说不出的安慰。

她站着，好像忽然想到什么，伸手从衣兜里摸出刚才夺走的烟嘴，走过去，放在老头儿跟前。一时她鼻子一酸，想掉泪，但她给自己的倔劲儿抑制住了。什么话也没说，赶紧去给空着肚子的老头儿热菜热饭，还煎上两个鸡蛋……

父亲

薛燕平

明天就是父亲节了，可我还不知道送什么礼物给他。他是不喜欢鲜花的，我不知道一束鲜花放在他的屋子里与他是否协调，我知道他更喜欢盆栽的花草，但我还知道，一旦送他一盆花草，不会过多久就会在他过于精心的照料下一命呜呼。我看见他的窗台上有些盆景，他喜欢盆景；变态的植物，根明明是老的，可叶子小，身体更小，像人类中的侏儒。索性我坐在屋里不去为礼物伤神吧，尽量让我的思绪澎湃些，为我的父亲，为我对于他的爱和感激。

我的父亲出生在山西洪洞县一个叫卦底的村子里，传说那是伏羲画卦的地方。卦底村分南卦底和北卦底，也就是那著名的阴阳鱼的象征。出生在南卦底的父亲娶了生长在北卦底的母亲，所以我母亲反倒吮吸了更多的阳气，而我的父亲则阴柔有余，阳刚不足。但这不妨碍他十几岁就跟着共产党出去打天下，也不妨碍他去太行山打游击，更不妨碍他一路高奏凯歌进了太原，继而随着解放大军大摇大摆进了北京城，坐着一辆三轮车来到东城区的魏家胡同。从此在北京这古老陌生的地方繁衍生息，直到现在八十有三，依然健康。

我记得20世纪60年代的父亲。他总是在黄昏的斜阳中回家，带着他的秘书，一个司机开一辆212吉普，嘎一声，吉普车停在胡同口。早有孩子飞跑着来到院子里告诉我：你爸回来了！接着，我看见父亲在一片黄得耀眼的余晖中走进院子，走到院子中间的时候，余晖反在他的脸上，我看清了那张消瘦英俊的脸。他的柞蚕丝的短袖衬衫随着微风抖动了一下；他的秘书远比他高大，也英俊帅气，但没有父亲那种特殊的神韵。

父亲回家一般不吃饭，看看就走；我觉得父亲的工作充满了神秘。如果吃饭，我的母亲就要大费周章，因为在那个物资匮乏的年代，就连一顿白面条都是困难的。慷慨的母亲把家里的好东西，比如白面、大米、芝麻酱，总之能够拿出来招待客人的，统统拿出来。等父亲他们一走，母亲就开始抱怨，把好吃的都吃了，娃们吃什么。有时候父亲会拿回一些罐头食品，罐头猪肉的香气，一直留在我的记忆里，没有什么可以代替。我生性羞怯，看见父亲只想往后躲，父亲把我拽到他跟前，问我的学习。父亲只读了高小，但他一生坚信读书是世界上最美好的事情，所以他把读书的理想寄托在他的后代身上。他不让我们干家务活，只让我们读书。去，看书去……这是记得最清晰的父亲的训斥。现在想起来无比的温馨。

父亲走的时候太阳还没有完全落下去，我还能看见门口的大槐树尖上抖动着的太阳最后一抹余晖。我不敢问父亲什么时候还回来，但我心里是盼着他能时常回来。我想象着他的工作神秘而紧张，所以只能住在那里。那里的家一定有很多好吃的东西，他既然能够带回那么好吃的猪肉罐头，他的那个家一定有比这更好吃的东西。

父亲回来的时候，母亲假装看不见父亲，明明跟父亲近在咫尺，她还是让我们把饭递给父亲，好在我们都愿意做这件事，或许母亲知道我们愿意做这件事？父亲是一个异常干净整洁且讲究的人。那时候没有很多的衬衫可以替换，商场里有卖假领子的，只是个领子，外边看像一件衬衫；父亲有很多这样的假领子，被母亲洗得干干净净，叠得整整齐齐放在柜子里；其实母亲是个很邋遢的女人，但父亲讲究，所以母亲不得不讲究。父亲三天就要换一次假领子，看上去又干净又整洁，我从心里喜欢父亲的干净。那时候父亲的棉袄都是母亲一针一线缝的，我记得有一次棉袄缝好了，父亲穿在身上，仔细看；我觉得已经好得不能再好了，无论是针脚还是剪裁，都无懈可击。可父亲还是挑出毛病了，他伸出两只胳膊对母亲说：看，左边这个袖子长了一点点。我和母亲都睁大了眼睛朝袖子上看去，确认了一会儿，母亲没说什么，让父亲脱下来。

父亲用东西很仔细，那只蓝色的刷牙缸还是在部队时用的，掉了几大块瓷；尤其是手绢，寿命绝对超过二十年了，手绢总是被父亲叠得十分整齐放在兜里，时间太久，手绢快被使“化”了。终于有一回，父亲从单位回家的路上碰上卖李子的，父亲便用他的手绢兜那几只李子，过马路的时候，手绢终于粉身碎骨，李子滚了一马路，父亲的狼狈可想而知。

因为做兵工，父亲不久就被派到三线，所以现在说起来，父亲还是核工业的元老。

我见过父亲在西昌的几张旧照片，人很瘦，戴着一顶那个年代的成年男人人手一顶的小檐帽子，穿着蓝咔叽布中山装，似乎在一顶帐篷里检查工作什么的。我问怎么瘦成那样。父亲说饿呀，没吃的，一人一天的定量就是两个很小的青稞面馒头，没菜，人人都在浮肿，尤其苏联专家撤回去以后，供给就更差了。父亲讲了一件事，让我很难忘记。一次父亲回京探亲，返回西昌的时候从西安买了一旅行袋的猪肉，天气热，回到西昌，肉已经臭气熏天。哪舍得扔啊，炊事员用水洗呀洗，洗了一个下午，晚上放锅里一炖，同志们见有肉吃，高兴得过年似的，谁还在乎臭不臭。

然后父亲到了四川，还是搞核工业。父亲的很多同事都带着家属东奔西跑的，而父亲坚持让孩子在北京读书，无论社会发生什么样的变化，他都坚信读书是这个世界上最高尚、最美好的事情。有一次饭后拉家常，我问他小时候的理想是什么。他想了想笑道：说出来你要笑话，我小时候想，长大了能当上村里的教书先生就好了，因为那位先生写一手好毛笔字。读书和写字是父亲天大的理想，这辈子当不成读书人了。不过记得父亲说过20世纪50年代曾经有过一次去苏联留学的机会，未能成行的原因还是因为孩子的教育问题，因为如果父亲去了，就意味着母亲要带着我们回老家度日。父亲坚决不同意孩子们放弃北京的学业回老家，所以忍痛割爱了。我知道父亲心里是多么怀恋那次机会，他多么想做一个读书人，但一切都无法抗拒命运的安排。

记得每次父亲回家，若是冬天，他便坐在靠近火炉的地方，然后笑着冲我招手。我怯生生走到父亲近旁，他又笑着用手拍拍他的膝盖，让我坐到上面，这是他给孩子的最溺爱的方式了。我坐在父亲的膝盖上，他侧着头，把脸偏向我，问我：学习怎么样啊，考试得了多少分。我的回答总能让他满意，100分，要不就是99分。然后父亲便笑得很开心，头向后仰着，让我继续努力学，长大了考大学。又对我的姐妹们说，你们谁考上大学我就供谁上。那时候我想父亲为什么不考大学呢，为什么只让我们小孩考。但只是心里想想而已，不敢把疑问说出来，当然，那时候我没有感到这份期望的深重，只觉得任何一个父亲都会这么想的。后来改革开放，恢复高考，父亲写了信到我下乡的农村，洋洋洒洒好几大篇信纸，意思是让我考医学院，因为我化学和数学都很好，而且家里有个大夫，生活方便。我不知道父亲写那封长信花了多长时间，反正我只用三分钟把信浏览一遍，然后把信往我正看的那本《基度山伯爵》里一夹，就跟着队长浇地去了。我不会在乎父亲的建议，像所有任性的孩子一样，我只照着我定好的路走，谁都不能动摇我的信念。我如愿以偿考取了中文系。

对于父亲，我只要上了大学他就高兴，这恐怕是每个父亲的想法。所以我拿到通知书写信告诉他的时候，兴奋和激动让他咀嚼了好长一段时间，然后又是一封长信，告诉我要好好学习，争取为国家做最大的贡献。

父亲是个软弱的人吗？我时常琢磨父亲的性格。感觉他平时很懦弱，有什么事只是缄默，不愿向任何人吐露心声；但他会在很短时间内大彻大悟，放弃一切，坦然地面对人生。这就是为什么他会提前离休，回到北京安度晚年，也许他看透了人生，一辈子在官场上辛劳，留下的只是疲惫的身心？

父亲离休以后的生活就像一杯白开水似的，被晾起来，因为在家里，母亲操持一切，孩子们都忙着自己的工作；不过父亲倒可以趁这机会练习书法了，写一手好字，那是他一生的梦想。直至五年以后他耳后的淋巴结上长了个异物，才成为全家的焦点。包括他自己，都以为是恶性肿瘤，但自己十分平静，只是担心一直未嫁的老三，担心她以后的生活，担心她老了以后没人照顾她，陪伴她。看得出他是发自内心地担心自己的孩子未来的处境，这让我心里一阵难过，在面对死亡的时刻，他竟然想着孩子遥远的孤独的未来，我体会出父亲的一片拳拳之心。

所幸，父亲的肿瘤不是恶性的，在他放弃手术而远去他工作过的四川游历了一番之后，那个可恶的硬块居然消失了。全家皆大欢喜。这让我对于父亲有了深一层的理解。

有惊无险后，父亲似乎变得十分开朗，虚拟地在死神身旁转了一圈，父亲一生戎马生涯后，第一次思考生死的问题。他想起他的母亲，我的奶奶的死，对于自己没能尽多些孝心，很自责，很愧疚，但又知无法弥补，所以才想着给我奶奶在坟上竖个石碑。从山西老家给奶奶竖碑回来，父亲拿了几张当时的照片，我看见在一群老家的表哥表姐黑红的脸膛旁边，是一张同样黢黑的父亲的脸。父亲站立在黄褐色的土地上，那是生养他的地方，所以他必须还给它他最真实的样貌，父亲是一个真正的农民，只是他暂时离开了一会儿那片土地，他会回到它的怀抱里的。

后来十年的时间，父亲的书法，尤其是秦隶，已经到了炉火纯青的地步，每个字都很见功夫，每次去父亲家，都见他趴在桌上练书法，精神状态和身体状态都很好。我觉得人到了七八十岁真的是活出境界来了，不光是精神升华，身体也有如风干的萝卜，没坏的日子了。

最难受的时候来得很迟，那是母亲在弥留之际的日子里，母亲基本不认人了，最清醒的时候也只能认出她的孙辈的几个人，大多数时间，父亲是在听着母亲的谩骂，她仿佛把这辈子对于父亲的积怨，都在离开人世前的最后日子里喷发出来，我吃惊于人记忆苦难与耻辱的能力远远胜于其他情感。父亲呢，只是静默地在另一间屋里，听着母亲那含混不清的，但充满仇恨的谩骂，仿佛只有这样，两个人再相会的时候才能在另一个世界互相照应。

母亲死的时候，父亲还是默默地在另一间屋里流泪。他就是这样，一生都没有感情上的大爆发，除了跟母亲吵架时发脾气，使性子，他从没有尽情地表露他的内心世界。但我看得出父亲因为母亲的死真的伤心，毕竟从母亲十六岁跟他结婚，到母亲七十九岁去世，这期间虽说聚少离多，但心还是连在一起的，当然，孩子是两颗心的纽带。

在母亲死后一年多的时间里，父亲明显地消瘦，气色欠佳，我很为他担心。所幸一年以后，父亲的心情渐渐好起来。闲暇写些书法，但不像以前那样拉开架势，一副要写出名堂的感觉；只是写着玩，时常翻翻帖，还订了书法报，关注一下近期有什么书法展览。还热衷于参加一些老年书法展，只要不交钱的，一律参加，交展费的一律拒绝。

说起回老家，他会长叹一声，无论如何也要回最后一次的。我听出话里的无奈和难以割舍，奶奶的坟还在那里，父亲一辈子都没能很好地孝敬她，心里存着愧疚。

人的一生到底有多少愧疚和无奈呢，或许人生真正的意义就是承受这些无奈的痛苦的，这就是父亲为什么八十多岁高龄，还要叹息的原因吧。

但父亲这一生是完美的，无论从生命本身来说，还是他的人生历程，都完成得那样完整和辉煌，甚至可以说严丝合缝。上天永远都眷顾他，因为他是一个善良的人；尽管他的内心充满了矛盾和无奈。

纺车声声

贾平凹

如今，我一听见嗡嗡的声音，脑子里便显出一弯残月来，黄黄的，像一瓣香蕉似的吊在那棵榆树梢上；院子里是朦朦胧胧的，露水正顺着草根往上爬；一个灰发的老人在那里摇纺车，身下垫一块蒲团，一条腿屈着，一条腿压在纺车底杆上，那车轮儿转得像一片雾，又像一团梦，分明又是一盘磁带了，唱着低低的、无穷无尽的乡曲……

这老人，就是我的母亲，一个没有文化的，普普通通的山地小脚女人。

那年月，正是“文化大革命”中期，我刚刚上了中学，当校长的父亲就被定为“走资派”，拉到远远的大深山里“改造”去了。那是一座原始森林林场，方圆百里是高山，山上是莽林，穿着“黑帮”字样衣服的“改造”者，在刺刀的监督下，伐木，运木，运木，伐木；即便是偶尔逃跑出来了，也走不出这林海就会饿死的。这是后话，都是父亲后来告诉我的；他在那里“改造”了七年。七年里，家里只有母亲，我，和一个弟弟、两个妹妹。没有了父亲的工资，我们兄妹又都上学，家里就苦了母亲。她是个小脚，身子骨又不硬朗，平日里只是洗、缝、纺、浆，干一些针线活计。现在就只有没黑没明地替人纺线赚钱了。家里吃的，穿的，烧的，用的，我们兄妹的书钱，一应大小开支，先是还将就着应付，麦地遭旱后，粮食没打下，日子就越发一日不济一日了。我瞧了母亲一天一天头发灰白起来，心里很疼，每天放学回来，就帮她干些活：她让我双手扩起线股，她拉着线头缠团儿；一看见她那凸起的颧骨，就觉得那线是从她身上抽出来的，才抽得她这么般的瘦；尤其不忍看那跳动的线团儿，那似乎是一颗碎了的母亲的心在颤抖哇！我说：“妈，你歇会儿吧。”

她总给我笑笑，骂我一声：“傻话！”

夜里，我们兄妹一觉睡醒来，总听见那嗡嗡的声音，起先觉得倒中听，低低的，像窗外的风里竹叶，又像院内的花间蜂群，后来，就听着难受了，像无数的毛毛虫在心上蠕动。我就爬起来，说："妈，鸡叫二遍了，你还不睡？"

她还是给我笑笑，说："棉花才下来，正是纺线的时候，前日买了五十斤苞谷，吃的能接上秋了，可秋天过去，你们又是一个新的学期呀……"

我想起上一学期，我们兄妹一共是二十元学费，母亲东借西凑，到底还缺五元；学校里硬是不让我报名，母亲急得发疯似的，嘴里起了泡，热饭吃不下去，后来变卖了家里一只铜洗脸盆，我才上了学，已经是迟了一星期的了。现在，她早早就做起了准备……我就说："妈，我不念了，回来挣工分吧！"

她好像吃了一惊，纺车弦一紧，正抽出的棉线嘣的一声断了，说："胡说！起了这个念头，书还能念好？快别胡说！"

我却坐起来，再说："念下去有什么用呢？毕了业还不是回来当农民？早早回来挣工分，我还能养活你们哩！"

母亲呆呆地瓷在那里了，好久才说："你说这话，刀子扎妈的心。你不念书了，叫我怎么向你爸交代呀？"

一提起爸爸，她就伤心了，大颗大颗的眼泪滚下来。我看得害怕了，就再不敢说下去，赶忙向她求饶："妈，我再不敢说这话了，我念，我一定好好念。"

她却扑过来，紧紧地搂住了我，搂得那么紧，好像我是一块冰，她要用身子暖化成水儿似的。油灯芯跳了几下，发出了土红色，我要爬过去添油，她说："孩子，别添了；妈听你的，妈要睡呀。"

这一夜，她一直搂着我。

秋里雨水很旺，庄稼难得的好长势，可谁也没有料到，谷子饱仁的节候，突然一场冰雹，把庄稼全都砸趴到泥里去了。收成没了指望，母亲做饭更难了。一天三顿，半锅水下一小瓢儿米面，再煮一把豆子。吃饭时，她总是拿勺捞着豆子倒在我们碗里，自己却撇上边的汤喝；我们都夹着豆子要让她吃，她显得很快活，却总是说："我是嫌那有豆腥气，吃了反胃的。"

母亲那时是真有胃病的；可我们却傻，还以为她说的是实情哩。

日子是苦焦的，母亲出门，手就总是不闲，常常回来口袋里装些野菜，胳肘下夹一把两把柴火。我们也就学着她的样，一放学回来，沿路见柴火就捡，见野菜就挑，从那时起，我才知道能吃的菜很多：麦瓜龙啊，芨芨草哇，灰条，水蒿的。这一天傍晚，我和弟弟挑了一篮子灰条，高高兴兴地回来，心想母亲一定要表扬我们了，会给我们做一顿菜团团吃了，可一进门，母亲却趴在炕上呜呜地哭。我们全都吓慌了，跪在她的身边，不知道发生了什么事，她突然一下子把我们全搂在怀里，问："孩子，想爸爸吗？"

"想。"我们说，心里咚咚直跳。

"爸爸好吗？"

"好。"我们都哭开了。

"你们不能离开爸爸，我们都不能离开爸爸呀！"她突然大声地说，并拿出一封信来。我一看，是爸爸寄来的，我多么熟悉爸爸的字呀，多少天来，一直盼着爸爸能寄来信，可是这时，我却害怕了，怕打开那封信。母亲说："你五叔已经给我念过了，你再念一遍吧。"

我念起来：

龙儿妈：

我是多么想你们哪！我写给你们几封信，全让扣压了，亏得一位好心的看守答应把这封信给你们寄去……接到信后，不要为我难过，我一切都好。

算起来，夫妻三十年了，谁也没料到这晚年还有这么大的风波！我能顶住，我相信党，也相信我个人。活着，我还是共产党人，就是死了，历史也会证明我是共产党的鬼。可是现在，我却坑害了你们。我知道你和孩子正受苦，这是使我常常感到悲痛的事，但你们要活下去，而且要活得好！所以，我求你们忘掉我，龙儿妈，还是咱们离了婚好……

我哇的一声哭了，弟弟妹妹也哭了起来，母亲却一个一个地拉起我们说："孩子，不要哭，咱信得过你爸爸，他就是坐个十年八年牢，咱等着他！龙儿，你给你爸爸回封信吧，你就说：咱们能活下去，黄连再苦，咱们能咽下！"

母亲牙齿咬着，大睁着两眼，我们都吓得不敢哭了，看着她的脸，像读着一本宣言。母亲的那眼睛，那眉峰，那嘴角，从那以后，就永生永世地刻在我的心上了。

这天夜里，天很黑，半夜里乌云吞了月亮，半空中响着雷，电也在闪，像魔爪一样在撕抓着，是在试天牢不牢吗？母亲安顿我们睡下了，她又坐在灯下纺起线来。那纺车摇得生欢，手里的棉花无穷无尽地抽线……鸡叫二遍的时候，又一阵炸雷，她爬过来，就悄悄地坐在我们身边，借着电光，端详起我们每一张脸，替我们揩去脸上的泪痕，当她给我揩泪的时候，我终于忍不住，眼泪从闭着的眼皮下簌簌流下来，她说："你还没睡着？"

我爬起来，和母亲一块儿坐在那里；母亲突然流下泪来，说："咳，孩子，你还不该这么懂事的呀！"

我说："妈，你儿子已经长大了哩！"

母亲赶忙擦了擦眼泪说："孩子，我有一件事想给你说，我作难了半夜，实在不忍心，可也只有这样了。今年年景不好，吃的、烧的艰难，我到底是妇道人家，拿不来多少；你爸不在，弟弟妹妹都小，现在只能靠得上你了，你把书拿回来抽空自学吧，好赖一天挣些工分，帮我一把力吧。"

我说："我早该回来了，你别担心，我挣工分了，咱日子会好过哩。"

此次，我就退学务农了。生产队给我每天记四分工，算起来，每天不过挣了二角钱，但我总不白叫母亲养活了！母亲照样给人纺线，又养了猪，油、盐、酱、醋，总算还没断过顿。

但是，这年冬天，母亲的纺车却坏了。先是一个轮齿裂了，母亲用铁丝缠了几道箍，后来就是杆子也炸了缝，一摇起来，就呱啦呱啦响，纺线没有先前那么顺手了：往日一天纺五两，现在只能纺三两。母亲很是发愁，我也愁，想买一辆新的，可去木匠铺打问过了，一辆新纺车得十五元。这十五元在哪儿呢？

这一天，我偷偷跑上楼，将爸爸藏在楼角的几大包书提了下来，准备拿到废纸收购店去卖了。正提着要出门，母亲回来了，问我去干啥，我说卖书去，她脸变了，我赶忙说："卖了，能凑着给你买一辆新纺车呀……"

母亲一个巴掌就打在我的脸上，骂道："给我买纺车？我那么想买纺车的？！啊？”

“不买新的，纺不出线，咱们怎么活下去呀？”我再说。

“活？活？那么贱着活？为啥全都不死了？！”她更加气得浑身发抖，嘴唇乌青，一只手死死抓着心口，我知道她胃疼又犯了，忙近前劝她，她却抓起一根推磨棍，向我身上打来，我一低头，忙从门道里跑出来，她在后边骂道：“你爸一辈子，还有什么家当？就这一堆书，他看得命样重，我跟了他三十年，跑这调那，我带什么过？就这一包袱一包袱背了书走！如今又为这书，你爸被人绳捆索绑，我把它藏这藏那，好不容易留下来，你却要卖？你爸回来了还用不用？你是要杀你爸嘛！”

听了母亲的话，我才知道自己错了。我不敢回去，跑到生产队大场上，钻在麦秸堆中呜呜地哭了一场。哭着哭着，便睡着了，一觉醒来，竟是第二天早上了，拍打着头上的麦草，就往回走。才进巷口，弟弟在那里嘤嘤泣哭，一见我，就喜得不哭了，给我笑笑，却又哭开了，说：昨天晚上，全家人到处找你，崖沟里看了，水塘里看了，全没个影子，母亲差不多快要急疯了，直着声哭了一夜，头在墙上都撞烂了。

“哥哥，你快回去吧，你一定要回去！”

我撒脚就往回跑，跪在母亲面前，让她狠狠骂一顿，打一顿，但是，母亲却死死搂住我，让我原谅她，说她做妈的不好。

中午，隔壁刘五叔到家里来，给我们送了半口袋苞谷面，他是一位老实庄稼人，常常来家里走动，说他历史清白，世代贫农，到“黑帮”家里来，不怕被开除了农民籍。他问了父亲的近况，叹息了一番，就和母亲唠叨起家常，说到今年的收成，说到柴火茶饭，末了，就说起买纺车的事，他便出了主意：让我进山砍柴去卖吧。柴价上涨，一次砍五六十斤吧，也可以卖到两元钱哩。母亲先是不同意，我在旁紧紧撺掇，她沉吟了一会儿，说："他五叔，这行吗？孩子太嫩哪，有个三长两短，我对得起他爸吗？"

五叔说："这有什么办法呢？总要活呀！你放心吧，孩子交给我，我护着他，包没甚事的。"

母亲总算同意了，就帮我收拾了背笼、砍刀，天一黑，早早催我去睡了。半夜里，她摇我醒来，炕头上已放了碗热腾腾的糊糊，说是吃早饭。我怨她做饭做得稠，她说这是去出力呀，可不比平日。我给她盛了一碗，她硬不吃；逼紧了，扒拉两口，却把弟弟妹妹全摇醒，分给他们吃了。末了，我和五叔出门，她给我装了一手巾烤洋芋，一直送着出了村，千叮咛万叮咛了一番，方才抹着泪回去了。

在山上砍柴，实在不是件轻松事，我们弯弯曲曲地在河沟钻了半夜，天放亮的时候，才赶到砍柴地方。我们将干粮压在石板底下，五叔说，这样才不会让老鸹叼走的；就爬上崖上去砍那些枯蒿野棘的。崖很陡，我总是爬不上去，五叔拉我上去了，却害怕地挪不开脚来。一棵野棘没有砍倒，手上就打了血泡，衣服也划破了，五叔就让我别砍了，他身子贴在崖壁上，砍得很是凶，满山满谷都是回音。我帮他整理柴堆，整到一块儿了，他捆成捆儿，就从山上推下沟去了。中午的时候，我们便溜下沟，拾掇了背笼，吃了干粮，欢天喜地地往回赶了。

回来的路显得比去时更长，走不到几程，小腿就簌簌直抖，稍不留神，就会跪倒下去了。路是顺河绕的，时不时还要过河面上的列石：走一步，心就在喉咙处跳一下；我一步一颠地，好容易过了最后一块列石，使劲往岸下一蹲，没想一步没踩稳，便扑地倒下了。五叔忙过来拉我，好容易从柴堆下爬起来，腿却碰破了，血水往外流。五叔就在山上撕一把蓖蓖芽草，在嘴里嚼烂了，敷在上面。血是不流了，但疼得厉害，五叔就让我只身走，他将两个背笼来回转背着。我看着心里不安，硬嚷着要背，他便让我背了在后边慢慢走，他将他的背笼背一程了，回来再接我。这样一直到了太阳西下，我们总算钻出了山沟，离家只有八里路了吧。我心里很高兴，时不时抬头看看前边：过了这个村，到了哪个庄呢？离家还能有多远呢？这一次刚一抬头，就看见前边走来一个人，背着一个空背笼，头发被风刮披在后肩，样子很是单薄。啊，这不是母亲吗？我大声叫道："妈！妈——"

果然是母亲！她是来接我的。一看见我背了这么多的柴，喜欢得什么样的；再一见我腿上的伤，眼泪就流了下来。我说："妈，这一定有六十斤哩，可以卖两元钱哩，再去砍上五六次，就可以买个新纺车了哩！妈，你也应该高兴啊！"

母亲就对我努力地笑笑，分了一半柴背了，娘儿俩一路说不完的话。

这背笼柴，第三天的集市上便卖了，果然卖了两元钱。一家人捏着那票子，一张一张蘸着唾沫数了，又用红布包了，压在箱子底里。打这以后，打柴给了我希望和力量，差不多隔三天就进一次山。头几次倒要五叔照顾，后来自己也练出来了。柴打回来，是我最有兴致的时候，总是不歇，借杆秤称了，一根一根在门前垒齐了，就给母亲和弟妹讲山上的故事；我讲多长，他们就听多久。

就在那月底，我们全家人都到木匠铺去，买回来了一辆新的纺车。最高兴的莫过于母亲了，她显得很年轻，脸上始终在笑着，把那纺车一会儿放在中堂上，一会儿又搬到炕角上，末了，又移到院中的榆树下去纺。她让我给爸爸写信，告诉他这是我的功劳，说孩子长大了，真的长大了，让他什么也别操心，好好珍重身子，将来回来了，儿子还可以买个眼镜给他，晚上备课就不眼花了。最后，硬要弟弟、妹妹都来填名，还让我握着她手在信上画了字。这一次，她在新纺车上纺了六两线，那嗡嗡的声音，响了一天半夜，好像那是一架歌子，摇摇任何地方，都能发出音乐来的。

母亲的线越纺越多，家里开始有了些积攒，母亲就心大起来，她从邻居那借了一架织布机，织起布来卖了。终日里，小院子里一道一道的绳子上，挂满了各色二浆线；太阳泛红的时候，就喜欢经线、线筒儿一摆儿插在那里，她牵着几十个线头，魔术似的来回拉着跑，那小脚踮踮的，像小姑娘一样地快活了。晚上，机子就在门道里安好了，她坐上去，脚一踏，手一搬，哐里哐当，满机动弹，家里就又增加起一种音乐了。

母亲织的布，密、光，白的像一张纸，花的像画一样艳，街坊四邻看见了，没有一个不夸的。布落了机，就拿到集市去卖，每集都能买回来米呀，面哪，盐哪，醋哇，竟还给我们兄妹买了东西：妹妹是一人一面小圆镜；我和弟弟是一支钢笔，说以后还要再买些书，让我们好好自学些文化。

我照例还去砍柴。没想有一次砍了漆树，竟中了毒，满脸满身长出红疹子，又肿起来，眼睛都几乎看不见了。不几天，弟弟妹妹和母亲也中毒，脸都肿得发亮。听人说，用韭菜水洗能洗好，母亲就到处找韭菜，熬了水一天三次给我们洗。可她，还是照样纺线，照样织布，当织完一个布下来，她眼睛快肿成一个烂桃儿样了。我拿了这布去卖，没想，那集上来了民兵小分队，说是要刹资本主义妖风，就开始包围了集市检查。集市炸了，人们没命地惊跑，我抱了布慌慌张张跑进一个巷去，那巷却是条死巷，就叫小分队将布收走了。我哭着回来，又不敢回家，只坐在村口哭。母亲知道了，把我拉了回去，弟弟妹妹在家里也哭作一团，眼看太阳压山了，中午饭也没心思去做。母亲让弟弟做，弟弟说他不饿，让我去做，我说肚子发鼓胀。母亲叹了一口气，自己去舀水起火，但很快又从厨房出来，端了一盆韭菜水放在我们面前，说："不许哭！都洗洗脸！"

我们都止了哭，洗了脸。

母亲就拉了我们向镇子上走去，一直走到镇中一家饭馆里，让我们坐了，买了五碗黏饭，一盘大肉，一盘豆腐，一盘粉条，说："吃吧，孩子，这饭可香哩！"

我们都不吃，她就先吃起来，大口大口的，吃得很香；我们也就都吃起来，但觉得并不香。母亲问："香吗？"

弟弟摇摇头，我赶忙递过一个眼色，于是我们都齐声说："好香。"

吃罢饭，母亲说她到民兵小分队部去一趟，让我把弟弟妹妹领回去，再好好洗洗韭菜水。这一夜，她便没有回来，我们都提心吊胆的。第二天一早，她回来了，满脸的高兴，说她把布要回来了，可走到半路，就又出售，接着就手揣在怀里，说："你猜，我给你买了什么？"

"烧饼！"我说。

"再猜。"她笑着说。

"帽子！"我想这一下一定猜对了。

母亲还是摇摇头，突然一亮手，原来是一本语文课本。她喜欢地说："孩子，日子能过得去了，就要把学习捡起来，要不爸爸回来了，看见一个校长的儿子是文盲，他会怎么个伤心呢？"

我说："学那有什么用场！"

她生气了："再不准你说这没出息的话！文化还有瞎的地方？"

我问起布是怎么还给的，她只笑笑，说句"我要的"，就罢了。后来我才打听到，原来母亲去要布时，人家百般训斥，拿难听的话骂她，她只是不走，人家就下令：要取回布，必须把分队部门前的一条排水沟挖通。她咬了咬牙，整整在那里挖了一夜……可她，我的好母亲，至今没有给我们说过这一段辛酸事儿。

有了笔，又有了书，一抽空，我就狠命地学习起来。每天晚上了，我要是看书，母亲就纺着线陪我；她要是纺线，我就看着书陪她。这样，分两处点油灯，煤油用得很费，母亲就把纺车搬到我的房间来纺，可那纺车嗡嗡地响，她怕影响我，就又把纺车搬到院里的月光下去纺了。每当我看书看得身疲意懒，就走出门来，站在台阶上看母亲纺线，那嗡嗡的响声，立刻使我浑身一震，脑子也就清醒多了，反身又去看书。

几乎就从那时起，我便坚持自学，读完了初中课程，又读完了高中课程，还将楼上爸爸的那几大包书也读了一半。"四人帮"一粉碎，爸爸回来了，那时他的问题才着手平反，我就报考了大学，竟被录取了。从此，我就带着母亲为我做的那套土布印花被子，来到了大城市，开始了新的生活；几年间，再没有见到我的母亲。后来，父亲给我来了信，信上说：

我的问题彻底落实了，组织上给平了反，恢复了职务，又补发了两千元工资。但你母亲要求我将一千元交了党费，另一千元买了一担粮食，给救济过咱家的街坊四邻每家十元，剩下的五百元，全借给生产队买了一台粉碎机。她身体似乎比以前还好，就是眼睛渐渐不济了，但每天每晚还要织布、纺线……

读着父亲的信，我脑子里就又响起那嗡嗡的声音了。啊，母亲，你还是坐在那院中的月光底下，摇着那辆纺车吗？那榆树梢上的月亮该是满圆了吧？那无穷无尽的棉线，又抽出了你多少幸福的心绪呀，那辆纺车又陪伴着你会唱出什么新的生活之歌呢？母亲！

给 妻

张国际

昨天，是妻嫁兔随兔的第十一年。早就酝酿着这天请假陪妻逛街购物看电影之类的，可事有不巧，北京来了位设计师，帮助集团做项目，我是负责人之一，不好擅离职守，就荒废了此前的设想。不过，总算抽了点午休时间，陪妻去买了化妆品和衣服，聊以慰藉。从新世界百货出来，妻要去接儿子，我要去工作，遂分路行走。看着妻苗条但略显纤弱的背影，往事不禁扑面而来。

妻和我是初中同学，好多不知细情者纷纷以此揶揄我早恋。每逢此说，一笑了之，其实早恋的事实并没有，可当时的我确实情有独钟，所以也懒得去辩解什么。爱美，并不是罪过，把爱变成拥有的过程更是一段幸福的回忆。怯懦的我，或者说试图考取功名的我，总是压抑着这种情愫，一如一颗披着厚厚外衣的种子，被埋藏在深深的土壤中。这种暗恋的感觉，是一种若即若离的美，像夜风轻柔地拂过白杨，轻轻地抖动枝叶后，复归万籁俱寂，似曾触动，似曾虚无，默默地祈盼着那阵风，不知何时再次感同身受。我在日记里记录了好多与妻邂逅的感悟以及相思的情怀，迫于父亲大人检查的压力，我都写得极其隐讳，只有自己能明白。若干年后，当我把日记从父亲手里要来的时候，逐篇查阅并出示给妻看，真的很得意，妻自然感动得一塌糊涂。

在人生的旅途上，爱一个人并厮守一生一定是一种幸福。人海茫茫，缘分可不是掉落的硬币非正即反那么简单，相遇相知相爱，当是人类最美好的情感。关于爱情，不由得想起苏叔阳先生几次演讲，都歌颂美好的爱情，尤其那次对着德国翻译大讲人面桃花的爱情故事，其言抑扬，其情真切，不由得人们不对美好的爱情肃然起敬。

当然，爱情是甜蜜的，而婚后面临的柴米油盐会让人觉得平淡。

有好多人提出，诸如令狐冲与任盈盈，段誉与王语嫣，这些江湖大侠归隐后是否落寞？当然会。其实，人生的阶段不同，内容也不尽相同。发现平淡中的美好，享受人生的每个阶段，就会让人充实地度过每一天。

下班的时候，跑到花市，却见大厅黯淡，独一家灯火犹明。走过去，蓦地记起，去年购花也是今日此门中。有的时候，一点巧合、一点偶然都会让人心生趣味。

待我把花放到家中，儿子急匆匆来电，让我赶紧去饭店。待得饭毕，要了发票来刮，居然中了 5 元“大”奖。要知道我们一家三口出来吃饭，此前从未中过奖，在一个美好的日子里得到一个美好的惊喜，真的让人有点忘乎所以！

回家上楼，我故意把钥匙给儿子，让他去开门，本想听听儿子对着门厅鲜花的惊讶言语，可没想这个小马虎居然视而不见。还是妻心细，说:“又浪费！”这话柔柔的，似嗔怪，在我听来却似表扬。妻略低头去嗅花香，那十一朵玫瑰瞧着这一家三口，满屋子都充盈着浓浓的香味。

父亲

姚良

我生在豫东平原一个乡下，自小没有见过山，每每在书本上看到“父爱如山”这几个字，总忍不住想想山的模样，那时简单认为山就是高的土丘。父亲早年因着出身不好的缘故，念完初中就被迫离开校园了，从此开始在社会上打拼，当过司机，学过木工，上山拉过石头，改革开放后学了中医承了家业。

打我记事儿起，父亲已是一位中医，每天忙着给病人看病，不是在诊椅上把脉就是在药房中抓药。把脉时，父亲坐在诊椅上，用手按着病人的动脉，把脉问诊后让病人伸出舌头，以了解疾病内在的变化。抓药时，父亲身置中医斗柜前，斗柜里装有茯苓、山楂、鱼腥草、何首乌、党参、龙眼肉等中药药材，按照药方抓取所需中药，然后放在中药秤上称，有的称几钱，有的称几两，称完后一一放在牛皮纸上，用纸绳依次打包。

我少时顽劣，尤其在上学前，常跟几个小伙伴一起玩耍打闹，在胡同里捉迷藏跑得满天飞，从一个胡同一溜烟儿蹿到另一个胡同，碰到死胡同就翻越邻里墙头，刚翻过墙头一阵匆忙脚步声吓得鸡飞狗叫羊咩咩，被邻里长辈抄起树枝大骂“孬孙”“孬孙”，临晚回到家里接受父亲训话,像什么“三天不打上房揭瓦”“子不教,父之过”，这些话都是从那里学来的。

家里几代均是中医，有中医世家之美誉，父亲承了祖业精于医学，每天能看过百病号，诊所院里停满车辆延至院子大门前。那时中国刚刚改革开放，经济发展处于初级阶段，远道而来的乡下人所乘车辆有：二八大梁自行车、手扶三轮拖拉机、带有方向盘的四轮拖拉机、小卧车。院子里二八大梁自行车约占四分之三，手扶拖拉机约占四分之一，带有方向盘的四轮拖拉机约占八分之一，小卧车约占十六分之一。

那时很少见到小卧车，后来才知道它叫桑塔纳。一辆桑塔纳停在诊所大门外，我们这些孩童看到后就会停止打闹，纷纷跑到小卧车不远处细细打量，从车头看到车尾，又从车尾看到车头，然后从车头绕到左车窗对着左倒车镜里的自己哈哈大笑，几个孩童以此作为乐趣。现在想来，那辆桑塔纳对我来说意味着远方、现代、梦想、文明，以至多少年之后我出外念书逃离家乡，自村庄而乡镇而县城而城市而省会而首都而台湾……

最令我们孩童感兴趣的莫过于手扶三轮拖拉机和装有方向盘的四轮拖拉机，因为可以爬上去，坐在座位上握着三轮拖拉机的扶手或是四轮拖拉机的方向盘，嘴里发出“突突”“突突”的拟声词，像是过了一把当驾驶员的瘾。记得有一个大一点的孩童心生一计，把我们从三轮拖拉机或四轮拖拉机座位上喊下来，大家鬼鬼祟祟在诊所大门前的桐树下耳语，耳语后笑得合不拢嘴，然后大伙围成一个圆圈，用石头剪刀布的孩提规则开始执行任务，当然是输的一方去。

“一二三，开始。”我猛地伸手出了“布”，揣度着用“布”去包“石头”，人算不如天算，他们几个伸出手势来都是“剪刀”，像是商量好一样，无奈之下我只能硬着头皮去执行任务。所谓任务不过是关掉三轮拖拉机和四轮拖拉机的油门，让那些看病的人无法用摇把摇着发动机，让他们出丑难堪以为是拖拉机出了什么毛病，像生病的人一样。

果不其然，一个看病的乡下人看完病之后开始拿出摇把手柄，一手按压柴油机气缸头部的“降压杆”，另一只手摇动摇把，使机器内的齿轮带动联杆、活塞做往复运动，试了几次费了九牛二虎之力始终没能摇着车，我们躲在大桐树树干后忍不住笑，那是一种鬼鬼祟祟的孩提笑，里面藏着一种类似开玩笑的“调侃”。或许是那位乡人察觉到了我们几个孩提笑得异常，才生出定是我们把四轮拖拉机油门给关住了的嫌疑，他看了一下拖拉机车头左侧的油门然后重新开启，拿着摇把打着四轮车载着其家人远去了，我们看着冒着一溜烟儿的四轮拖拉机哈哈大笑。有一次又是我石头剪刀布输了，去关人家拖拉机上的油门，被父亲抓个正着，只是怒目圆睁，一副威严盖顶的模样就把我们几个孩提吓跑了。

父亲偶尔在晚上招待朋友，因为白天忙着给病人治病没有闲暇时间，给一百块钱让我去南桥饭店调上俩菜，回到家见母亲又炒了俩菜。等菜拼在一起落桌后，父亲会拿出一瓶藏了很多年的白酒尽地主之谊。酒过几巡，他的朋友开始有了醉意，父亲亦有了醉意，几个人在酒桌上行酒令，什么“四季发”“五魁首”了，话语渐渐多了起来，父亲威严的脸庞闪过一片平和，就像天空突然飞过的一群鸽子。酒后送走客人，母亲收拾酒桌残局，父亲与我闲聊，有时给我讲一些他的过往事迹，年轻时在生产队当司机、去河东学木工、去密县拉石头，三十好几才学了中医。

父亲也有脾气急的时候，说话难听，让邻人无法接受。父亲兄弟姊妹七人，五男二女，父亲是长子，祖父 2007 年冬天逝世后父亲接管了整个大家庭，管教我的同时还管教五叔。五叔是父亲最小的弟弟，五叔经常跟乡人赌钱，小赌怡情，大赌伤心。有一阵子“推饼”之风席卷乡下，五叔亦染上了赌瘾，有一次输得站不起来，乡人告给父亲，父亲二话不说去堵五叔，五叔早已翻墙逃去。父亲指着剩下的三个人大骂：“来，跟我来，你们有几个钱。”那三个人见父亲失态的样子，都站了起来。

父亲在麻将桌上坐了好久，好久，那是父亲最生气的一次。对于我们，父亲是一位沉默寡言的父亲，对于五叔，父亲是一位沉默寡言的大哥。后来，我外出求学，坐在火车上看窗外景色，只见青山隐隐，巍峨高大，父亲的形象从车窗玻璃上一跃而起，尤其是那副充满威严的脸庞，闪烁着，闪烁着……

不 舍

赵 丽

“你还记得我教你唱‘小燕子，穿花衣’吗？”母亲每次见我，喜欢讲我小时候的事。我怎能不记得，那是随父亲出差在外的一段时光。在祖国的东北，一间温暖如春的房间里，母亲就着窗外的月光，细柔的声音充满韵味，她唱一句，我学一句。母亲教我唱歌的情景一直存于记忆中。

“你乐感那么好，可惜后来没有学音乐。”母亲轻轻惋惜着。

人到了一定岁数，与亲人相处的时间越来越少，才渐渐有了不舍。姥姥走时，我还小，不懂得离别便是天各一方，无法领会母亲的痛，挤出来的泪水也似蜻蜓点水浮过表面，伤及不到内里。更不懂母亲送殡回来，她的脸色为何终日黯淡，像得不到阳光似的蒙着一层阴影。我十八岁那年，偷偷远行，只知路在前方，不知母亲牵挂的那条长线拴在心里，为我日夜担忧。后来，母亲跟我讲起，父母最多的对话是：

“丽会不会被拐走？”

“都那么大了，不用担心她。”

“外面大城市人多车多，会不会遇见坏人？”

“没事，不会不会。”担心我的是母亲，劝慰母亲的是父亲。说完，两人各自沉默。

母亲每天下班后，总是支起耳朵听邮差的车铃声。她常常听错，索性搬个小凳子去门口织毛衣。有一次，她老远看见邮差送报纸，忙丢下毛衣，跑着去撵他。她拦着不让人走。

“北京到咱家的信件要几天？”母亲问。

“七八天。”邮递员看到一张憔悴的脸。

“走快一些要几天？”她又问。

“三四天吧。”邮递员答。

“信会不会被别人拆了？”她带着担忧问。

“这是什么话！”邮递员一脸不高兴。

“会不会送错地址？”母亲继续问。

天近黄昏，邮递员急着回家，被人缠着问来问去，逃也似的走了。那时母亲整日担惊受怕，夜间睡不着，工作老出错，几乎每月被罚钱。多年后，我有了女儿，才理解母亲漫无边际的担忧。

我还记得出嫁那天，我从外面化妆回来，母亲麻利地打四个荷包蛋撒上红糖端给我，说：“赶紧吃些东西，天冷。”她的眼红红的，哭过。

“妈，你哭了？”我盯着她问。

“傻闺女，哭啥，不看看这是啥日子。”母亲的眼神躲着我。

我说：“你吃两个，我吃不了。”

“你吃吧，我吃过了，多吃些，把汤喝完。”母亲说着，去她的卧室拿一件军大衣披在我身上。

“你这件小红袄太薄了。”她摸了摸我的衣角，摸摸棉裤，“我做的袄一件顶它两件。”她又小心地摸了摸我头上的百合花，仔细地端详我，“俺丽化妆就是好看。”一边儿站着的婶娘笑着说：“哪有别人不夸自己夸的！”母亲笑了，很开心地笑，她笑着笑着，脸僵了，走出里屋，去忙其他事。

“被子抱车上时放柜子上面。”“这柜抬的时候小心点。”她忙里忙外，安置好她能想到的琐碎事情，走进房间，看着我迟疑着，发呆。她欲言又止，想说什么，又不知该说什么好。“你冷不冷？”她问我。我对着镜子抹口红，未来得及答话，有人来，她又招呼其他事去了。

她心里慌得不知所以。很多事不用她去做的。她停不下来。她走着，说着，小跑着，来打发母女面对的间隙。我走之后，我想母亲松了口气，女儿迟早是人家的人。终于嫁了，她又隐隐担心，不知我在夫家的生活是否如意。

我生孩子时，母亲开始慌。她的腿有风湿关节炎，走路多了关节疼。“医生，孩子是顺产生还是剖腹产？”“说过了，不用剖，顺产生。”医生不耐烦。母亲担心，看着我在床上翻来覆去，她忍着腿疼打热水，又跑到医院外面买热水袋。她问我饿不饿，是否有力气。我说，妈，你歇会儿。她坐不住，走来走去地忙。她计算着孩子出生的时间，以至于我说要生了，她安慰我：“早着哩，不用急。”她以自己的经验来照应我。我让她喊医生过来，母亲走进过道，瞅见别人家都带着小铺盖，记起自己什么也没带，等她跑到院门口打完电话，我已被送进产房。

我成家后的住处与父母相隔不远，骑车子几分钟能到。去得勤，对父母的变化不曾在意。搬了新家，离父母远了，有时去看他们，才发觉他们一年一年老去，父亲的眼睛因并发症蒙蒙的看不清东西，母亲的腿更痛了，得了滑膜炎，几乎难下地走路。

又一年，父亲走了，留下母亲一人。

父亲走那天下起雨。雨一滴滴打湿眼帘，我裹着湿透的衣服，想起父亲辛劳一生，未来得及享福，就这样去了。棺木起地时，我抓着边沿不舍得丢。有人紧拉着我扒开我的手，我眼看着父亲的灵柩缓缓下落，与我阴阳两隔。我忽然忆起姥姥下葬时，母亲的痛。原来父母与子女，像喂养的鸟儿一样，养大了早晚会飞走。飞回来时要算着节气，相会不过短短的片时几刻，余下的是各自想念，直到永远别离。

父亲走后，母亲一个人生活。我有一次在路上看见母亲，她弯着腰买菜，仔细地挑选西红柿，和卖菜的人唠嗑。走近了，听见她说做饭，一个人吃饭总剩下，买菜不敢多买，买多了不吃就坏了。

“妈！”我喊了一声，她没有听见，“妈！”我大声喊她。卖菜的老人提醒在挑菜的母亲。“哪儿？哪儿？”母亲忙抬起头朝前看，又转个脸儿，看见离她几米之外的我。

她展开笑脸说：“我听见有人喊我，想着不会是你。”

“番茄，你看多好，我给你挑几个。”

“我不要，我不要。”

“我正好路过，看见你。”

“你中午在家吃吧，我做捞面条。”

“我还要办事去，我明天去家里。”

母亲的表情明显地暗下来。“你去吧，去吧，别耽误办事。”我走过去，听见她说：“这是我大女儿，二女儿在外地。”

晚饭后，母亲常常一个人去听戏。母亲年轻时是乡下宣传队的台柱子。她大眼睛,长辫子,演豫剧《朝阳沟》的“银环”深入人心。爱美爱唱的母亲在车祸后因眼睛划伤，此后不得不只做听众。父亲在时，两人结伴去听戏。父亲走后，她一个人带着折叠的小凳子，与众多戏迷爱好者一样，在台下交流对戏中人物的看法。

有一次，我经过城区，听见仿若有拉弦子的声音。顺着音找，在拐角处看见一班戏迷在那儿演出。很多人在听。越过一个个人，查找母亲的背影。没有。再找，还是没有。准备走开时，发现母亲坐在一个不显眼的角落里，微低着头，抚弄着手指，好像跟着节拍在哼唱。

“妈！”我喊她，她没有听到。戏曲那么大声，她肯定听不到。我扒开人群，朝她走去。“妈！”她扭头看了看，没看到我。她怀疑自己听错了，顺手拿起茶杯，打开瓶盖，喝口水。

我朝她走过去。她的眼光掠过我，仍没有认出我。我走到她身边，她忽然抬头看见我，立刻满心欢喜。“你怎么来了？”她站起来，要把凳子让给我坐。

“我不累，你坐。”

“你坐你坐。”她不由分说站起来，把凳子让给我。

“从哪儿来的？”她问我。她每次见我，会详细地问我从哪条路来，吃饭没有。我回答说顺路，吃过了，她才心安。

“你明天中午回家吃吧？我买只鸡，给你炒鸡吃。”

我迟疑着。

“星期天吧？星期天你带着孩子过来。”她看着我。

“好。”我答应着，心里并不确定。

“你已经下班回家了，怎么想起来这儿？”

“顺路。”

“你累不累？”

“不累不累。”她的注意力终于转移到戏曲上。

“听出这是哪出戏吗？”

我摇头：“不知道。”

“你记不记得你小时候，我常给你唱‘小二黑结婚’那一段？”她说着哼起来，“清凌凌的水蓝莹莹的天，小芹我洗衣服来到河边……”我想起母亲的一张黑白照片，照片中的母亲青春飞扬，那时候的母亲，一开口便惊艳全场。

听完戏，我预备打车送她回家。她争论得如同吵大架，无论如何不让送。走到路口，我们要分开。“妈，叫辆车吧？你腿疼。”“不用不用，我走走。”她说着，迈步要走。我看着绿灯还未亮，伸手去拉她。她看不懂红绿灯，我教过她，走斑马线，看对面。她答应着，总是忘。再提醒，仍然忘。

有一次，我吵她：“街上那么多车，那么多人，撞着了怎么办？谁伺候你？”她听了这话，低下头，像个孩子。我嫌话说重了，缓和下语气：“以后千万要记着，太危险了。”她的脸木木的。此后，她看见我会想起来，多数时间仍然忘。

街上人来车往，我的手刚松开，她一手端着凳子，另一手抱着茶杯，迈着不利落的步子，没入人流中。

天凉了，我回家送糕点和衣物给她。“我不要，我不吃。”母亲把糕点随手放在桌子上。“来，你试试这件衣服。”我把风衣递给她，让她试穿。“不好看。”她坐在床边，没有站起来的意思。“你试试吧，看看合适不合适。”她满脸不高兴地站起来，不情愿地试了一下，又脱了。

我问：“不满意吗？”

母亲的脸色看起来像生气的样子。“不好看，你拿走。”她对我爱理不理的。

我摸不着头脑，不知这是怎么回事。“妈，有人气你吗？”我看着她的脸色问她。

“没有，哪有人气我。”可她明明不高兴。“我走了。”我试探性地说。

“好，你走吧，把你的东西带走。”她说着，把衣服装进袋子，把糕点递给我。“我送的东西你不要，你给我的我也不要。”她说着，把门打开，撵我走的样子。

我想了想，想起她前一段送到我家里一袋子芝麻，让我碾芝麻盐吃，我嫌麻烦，打电话让她去路口，又把芝麻还给她。没想到她生气了。原来是这事儿，我心里好笑，去厨房找那袋子芝麻。“别找了。”她转身去橱柜里抱出个大瓶子，里面是炸好的芝麻盐。

“给。”她递给我，看我犹豫，抱起瓶子转身就走，嘴里嘟囔着，“你不要我的，我也不要你的。”

“好，好，我要，我要。”我抱着一瓶子芝麻，像抱着我的孩子，紧紧地贴在身上。

母亲渐渐习惯了一个人。

我回家看她，走的时候，她必定要送我。我拦着不让送，她说去院子里关灯，又说去路边的小卖部买东西，找任何理由把我送到她力所能及的地方。我一次次说让她止步，她瘸着腿却难以停下来。我走了很远，回头看，她还在路边看我。挥挥手，示意她回去，她微侧着身子要往回走的架势，转身慢慢隐于暗中。我知道，她等我走后看不见我的背影，她才离开。

我的女儿也大了。我送女儿到学校，她端着东西，转过身上楼，想看我，却没有回头。走到第五个台阶，她终于回头向我挥手，我努力朝她微笑。上到二楼宿舍，她的眼光回避着我，招一下手，勉强笑着，我看她想哭的样子。“走啦。”我扬扬手，掉转车往回走。

车慢慢地走，我忍住想返回的冲动，把车子停在路边，想了又想，还是继续向前走去。

方体会到母亲的用心。

有了小孩以后

老　舍

艺术家应以艺术为妻，实际上就是当一辈子光棍儿。在下闲暇无事，往往写些小说，虽一回还没自居过文艺家，却也感觉到家庭的累赘。每逢困于油盐酱醋的灾难中，就想到独身一人，自己吃饱便天下太平，岂不妙哉。

家庭之累，大半由儿女造成。先不用提教养的花费，只就淘气哭闹而言，已足使人心慌意乱。小女三岁，专会等我不在屋中，在我的稿子上画圈拉杠,且美其名曰“小济会写字”！把人要气没了脉，她到底还是有理！再不然，我刚想起一句好的，在脑中盘旋，自信足以愧死莎士比亚,假若能写出来的话。当是时也,小济拉拉我的肘，低声说:“上公园看猴？”于是我至今还未成莎士比亚。小儿一岁整，还不会“写字”，也不晓得去看猴，但善亲亲，闭眼，张口展览上下四个小牙。我若没事，请求他闭眼，露牙，小胖子总会东指西指地打岔。赶到我拿起笔来，他那一套全来了，不但亲脸，闭眼，还“指”令我也得表演这几招。有什么办法呢?

这还算好的。赶到小济午后不睡，按着也不睡，那才难办。到这么四点来钟吧，她的困闹开始，到五点钟我已没有人味。什么也不对,连公园的猴都变成了臭的,而且猴之所以臭,也应当由我负责。小胖子也有这种困而不睡的时候，大概多数是与小济同时发难。两位小醉鬼一齐找毛病，我就是诸葛亮恐怕也得唱空城计，一点办法没有！在这种干等束手被擒的时候，偏偏会来一两封快信——催稿子！我也只好闹脾气了。不大一会儿，把太太也闹急了，一家大小四口，都成了醉鬼，其热闹至为惊人。大人声言离婚，小孩怎说怎不是，于离婚的争辩中瞎打混。一直到七点后，二位小天使已困得动不得，离婚的宣言才无形地撤销。这还算好的。遇上小胖子出牙，那才真叫厉害，不但白天没有情理，夜里还得上夜班。一会儿一醒，若被针扎了似的惊啼，他出牙，谁也不用打算睡。他的牙出利落了，大家全成了红眼虎。

不过，这一点也不妨碍家庭中爱的发展，人生的巧妙似乎就在这里。记得 Frank Harris（爱尔兰裔美国作家弗兰克·哈里斯）仿佛有过这么点记载：他说王尔德为那件不名誉的案子过堂被审，一开头他侃侃而谈，语多幽默。及至原告提出几个男妓做证人，王尔德没了脉，非失败不可了。哈里斯以为王尔德必会说："我是个戏剧家，为观察人生，什么样的人都当交往。假若我不和这些人接触，我从哪里去找戏剧中的人物呢？"可是，王尔德竟自没这么答辩，官司就算输了！

把王尔德且放在一边；艺术家得多去体验，哈里斯的意见，假若不是特为王尔德而发的，的确是不错。连家庭之累也是如此。还拿小孩们说吧——这才来到正题——爱他们吧，嫌他们吧，无论怎说，也是极可宝贵的经验。

在没有小孩的时候，一个人的世界还是未曾发现美洲的时候的。小孩是哥伦布，把人带到新大陆去。这个新大陆并不很远，就在熟习的街道上和家里。你看，街市上给我预备的，在没有小孩的时候，似乎只有理发馆、饭铺、书店、邮政局等。我想不出婴儿医院、糖食店、玩具铺等等的意义。连药房里的许许多多婴儿用的药和粉，报纸上婴儿自己药片的广告，百货店里的小袜子小鞋，都显着多此一举，劳而无功。及至小天使自天飞降，我的眼睛似乎戴上了一双放大镜，街市依然那样，跟我有关系的东西可是不知增加了多少倍！婴儿医院不但挂着牌子，敢情里边还有医生呢。不但有医生，还是挺神气，一点也得罪不得。拿着医生所给的神符，到药房去，敢情那些小瓶子小罐都有作用。不但要买瓶子里的白汁黄面和各色的药饼，还得买瓶子罐子、轧粉的钵、量奶的漏斗、乳头、卫生尿布，玩意儿多多了！百货店里那些小衣帽、小家具，也都有了意义；原先以为多此一举的东西，如今都成了非它不行；有时候铺中缺乏了我所要的那一件小物品，我还大有看不起他们的意思：既是百货店，怎能不预备这件东西呢？慢慢地，全街上的铺子，除了金店与古玩铺，都有了我的足迹；连当铺也走得怪熟。铺中人也渐渐熟识了，甚至可以随便闲谈，以小孩为中心，谈得颇有味儿。伙计们，掌柜们，原来不仅是站柜做买卖，家中还有小孩呢！有的铺子，竟自敢允许我欠账，仿佛一有了小孩，我的人格也好了些，能被人信任。三节的账条来得很踊跃，使我明白了过节过年的时候怎样出汗。

小孩使世界扩大，使隐藏着的东西都显露出来。非有小孩不能明白这个。看着别人家的孩子，肥肥胖胖，整整齐齐，你总觉得小孩们理应如此，一生下来就戴着小帽，穿着小袄，好像小雏鸡生下来就披着一身黄绒似的。赶到自己有了小孩，才能晓得事情并不这么简单。一个小娃娃身上穿戴着全世界的工商业所能供给的，给全家人以一切啼笑爱怨的经验，小孩的确是位小活神仙！

有了小活神仙，家里才会热闹。窗台上，我一向认为是摆花的地方。夏天呢，开着窗，风儿轻轻吹动花与叶，屋中一阵阵的清香。冬天呢，阳光射到花上，使全屋中有些颜色与生气。后来，有了小孩，那些花盆很神秘地都不见了，窗台上满是瓶子罐子，数不清有多少。尿布有时候上了写字台，奶瓶倒在书架上。大扫除才有了意义，是的，到时候非痛痛快快地收拾一顿不可了，要不然东西就有把人埋起来的危险。上次大扫除的时候,我由床底下找到了但丁的《神曲》。不知道这老家伙干吗在那里藏着玩呢!

人的数目也增多了，而且有很多问题。在没有小孩的时候，用一个仆人就够了，现在至少得用俩。以前，仆人“拿糖”，满可以暂时不用；没人做饭，就外边去吃，谁也不用拿捏谁。有了小孩，这点豪气趁早收起去。三天没人洗尿布，屋里就不要再进来人。牛奶等项是非有人管理不可，有儿方知卫生难，奶瓶子一天就得烫五六次。没仆人简直不行！有仆人就得捣乱，没办法！

好多没办法的事都得马上有办法，小孩子不会等着“国联”慢慢解决儿童问题。这就长了经验。半夜里去买药，药铺的门上原来有个小口，可以交钱拿药，早先我就不晓得这一招。西药房里敢情也打价钱，不等他开口，我就提出：“还是四毛五？”这个“还是”使我省五分钱，而且落个行家。这又是一招。找老妈子有作坊，当票儿到期还可以入利延期，也都被我学会。没工夫细想，大概自从有了儿女以后，我所得的经验至少比一张大学文凭所能给我的多着许多。大学文凭是由课本里掏出来的，现在我却念着一本活书，没有头儿。

连我自己的身体现在都会变形，经小孩们的指挥，我得去装马装牛，还须装得像个样儿。不但装牛像牛，我也学会牛的忍性，小胖子觉得“开步走”有意思,我就得百走不厌;只做一回,绝对不行。多咱他改了主意,多咱我才能“立正”。在这里,我体验出母性的伟大,觉得打老婆的人们满该下狱。

中秋节前来了个老道，不要米，不要钱，只问有小孩没有。看见了小胖子，老道高了兴，说十四那天早晨须给小胖子左腕上系一根红线。备清水一碗，烧高香三炷，必能消灾除难。右邻家的老太太也出来看，老道问她有小孩没有，她惨淡地摇了摇头。到了十四那天，倒是这位老太太的提醒，小胖子的左腕上才拴了一圈红线。小孩子征服了老道与邻家老太太。一看胖手腕的红线，我觉得比写完一本伟大的作品还骄傲，于是上街买了两尊兔子王，感到老道，红线，兔子王，都有绝大的意义！

祖父死了的时候

萧　红

祖父总是有点变样子，他喜欢流起眼泪来，同时过去很重要的事情他也忘掉。比方过去那一些他常讲的故事，现在讲起来，讲了一半下一半他就说："我记不得了。"

某夜，他又病了一次，经过这一次病，他竟说："给你三姑写信，叫她来一趟，我不是四五年没看过她吗？"他叫我写信给我已经死去五年的姑母。

那次离家是很痛苦的。学校来了开学通知信，祖父又一天一天地变样起来。

祖父睡着的时候，我就躺在他的旁边哭，好像祖父已经离开我死去似的，一面哭着一面抬头看他凹陷的嘴唇。我若死掉祖父，就死掉我一生最重要的一个人，好像他死了就把人间一切"爱"和"温暖"带得空空虚虚。我的心被丝线扎住或铁丝绞住了。

我联想到母亲死的时候。母亲死以后，父亲怎样打我，又娶一个新母亲来。这个母亲很客气，不打我，就是骂，也是指着桌子或椅子来骂我。客气是越客气了，但是冷淡了，疏远了，生人一样。

"到院子玩玩吧！"祖父说了这话之后，在我的头上撞了一下，"喂！你看这是什么？"一个金黄色的橘子落到我的手中。

夜间不敢到茅厕去，我说："妈妈同我到茅厕去趟吧。"

"我不去！"

"那我害怕呀！"

"怕什么？"

"怕什么？怕鬼怕神？"父亲也说话了，把眼睛从眼镜上面看着我。

冬天，祖父已经躺下，赤着脚，开着纽扣跟我到外面茅厕去。

学校开学，我迟到了四天。三月里，我又回家一次，正在外面叫门，里面小弟弟嚷着：“姐姐回来了！姐姐回来了！”大门开时，我就远远注意着祖父住着的那间房子。果然祖父的面孔和胡子闪现在玻璃窗里。我跳着笑着跑进屋去。但不是高兴，只是心酸，祖父的脸色更惨淡更白了。等屋子里一个人没有时，他流着泪，他慌慌忙忙地一边用袖口擦着眼泪，一边抖动着嘴唇说：“爷爷不行了，不知早晚……前些日子好险没跌……跌死。”

“怎么跌的？”

“就是在后屋，我想去解手，招呼人，也听不见，按电铃也没有人来，就得爬啦。还没到后门口，腿颤，心跳，眼前发花了一阵就倒下去。没跌断了腰……人老了，有什么用处！爷爷是八十一岁呢。”

“爷爷是八十一岁。”

“没用了，活了八十一岁还是在地上爬呢！我想你看不着爷爷了，谁知没有跌死，我又慢慢爬到炕上。”

我走的那天也是和我回来那天一样，白色的脸的轮廓闪现在玻璃窗里。在院心我回头看着祖父的面孔，走到大门口，在大门口我仍可看见，出了大门，就被门扇遮断。

从这一次祖父就与我永远隔绝了。虽然那次和祖父告别，并没说出一个永别的字。我回来看祖父，这回门前吹着喇叭，幡杆挑得比房头更高，马车离家很远的时候，我已看到高高的白色幡杆了，吹鼓手们的喇叭苍凉地在悲号。马车停在喇叭声中，大门前的白幡，白对联，院心的灵棚，闹嚷嚷许多人，吹鼓手们响起呜呜的哀号。

这回祖父不坐在玻璃窗里，是睡在堂屋的板床上，没有灵魂地躺在那里。我要看一看他白色的胡子，可是怎样看呢！拿开他脸上蒙着的纸吧，胡子、眼睛和嘴，都不会动了，他真的一点感觉也没有了？我从祖父的袖管里去摸他的手，手也没有感觉了。祖父这回真死去了！

祖父装进棺材去的那天早晨，正是后园里玫瑰花开放满树的时候。我扯着祖父的一张被角，抬向灵前去。吹鼓手在灵前吹着大喇叭。

我怕起来，我号叫起来。

"咣咣！"黑色的，半尺厚的灵柩盖子压上去。

吃饭的时候，我饮了酒，用祖父的酒杯饮的。饭后我跑到后花园玫瑰树下去卧倒，园中飞着蜂子和蝴蝶，绿草的清凉的气味，这都和十年前一样。可是十年前死了妈妈。妈妈死后我仍是在园中扑蝴蝶；这回祖父死去，我却饮了酒。

过去的十年我是和父亲打斗着生活。在这期间我觉得人是残酷的东西。父亲对我是没有好面孔的，对于仆人也是没有好面孔的，他对于祖父也是没有好面孔的。因为仆人是穷人，祖父是老人，我是个小孩子，所以我们这些完全没有保障的人就落到他的手里，后来我看到新娶来的母亲也落到他的手里，他喜欢她的时候，便同她说笑，他恼怒时便骂她，母亲渐渐也怕起父亲来。

母亲也不是穷人，也不是老人，也不是孩子，怎么也怕起父亲来呢？我到邻家去看看，邻家的女人也是怕男人。我到舅家去，舅母也是怕舅父。

我懂得的尽是些偏僻的人生，我想世间死了祖父，就没有再同情我的人了，世间死了祖父，剩下的尽是些凶残的人了。

我饮了酒，回想，幻想……

以后我必须不要家，到广大的人群中去，但我在玫瑰树下颤怵了，人群中没有我的祖父。

所以我哭着，整个祖父死的时候我哭着。

父亲和他的故事

胡也频

我常常听别人说到我父亲：有的说他是个大傻子，有的说他是个天下最荒唐的人，有的说……总而言之人家所说的都没有好话，不是讥讽就是嘲笑。有一次养鸡的那个老太婆骂她的小孩子，我记得，她是我们乡里顶凶的老太婆，她开口便用一张可怕的脸——

“给你的那个铜子呢？”

“输了。”那孩子显得很害怕。

“输给谁呢？”

“输……输给小二。”

“怎么输的？”

“两条狗打架……我说黄的那条打赢，他说不，就这样输给他了。”那孩子一面要哭地鼓起嘴。

“你这个小毛虫！”老太婆一顺手便是一个耳光，接着骂道，“这么一点年纪就学坏，长大了，你一定是个败家子，也像那个高鼻子似的……”所谓高鼻子，这就是一般乡人只图自己快活而送给我父亲的绰号。

真的，对于我父亲，全乡的人并没有谁曾生过一些敬意——不，简直在人格上连普通的待遇也没有，好像他是一个罪不可赦的罪人，什么人只要不像他，便什么都好了。

然而父亲在我的心中，却实在并不同于别人那样的轻视，我看见我父亲，我觉得他可怜了。

父亲的脸总是沉默的，沉默得可怕，轻易看不到他的笑容。他终日工作的辛苦，使得他的眼睛失了充足的光彩。因为他常常蹙着眉头，那额上，便自自然然添出两条很深的皱纹了。我不能在他这样的脸貌上看出使人家侮蔑的证据。并且，父亲纵然是非常寡言，但是并不冷酷，只有一次他和母亲生气打破一只饭碗之外，我永远觉得父亲是慈爱可亲的。我一看见我父亲就欢喜了。

不过人言也总有它的力量。听别人这样那样说，我究竟也对于父亲生过怀疑。我想：为什么人家不说别人的坏话，单单要说父亲一个呢？可是一见到父亲，我就觉得这种怀疑是我的罪过，我不该在如此慈爱可亲的父亲面前怀疑他年轻时曾做过什么不合人情的事。父亲的确是个好父亲，好人，我这样确定。倘若像父亲这样的人是个坏人，那么全世界的人就没有一个好的，我并且想。

虽说我承认我父亲并不是乡人所说的那种人，但人家一说到坏处就拿“高鼻子”做比喻，却是永远继续下去了。

这直到有一天，我记得，就是那只黄母鸡连生两个蛋的那一天。这天天一亮太阳就是红的。父亲拿着锄头到菜园里去了。母亲为了病的缘故还躺在床铺上。她把我推醒了，说：“你也该起来了，狗狗！”

我擦着眼屎回答：“今天不去。”

“为什么？”

“两只母牛全有病，那只公牛又要牵到城里去。”

“那么，”母亲忽然欢喜了。“趁今天，你多睡一会儿吧，好孩子，你天天总没有睡够的！”

我便合上眼睛，然而总不能睡，一种习惯把我弄得非醒着不可了，于是我问到父亲。

“到菜园去了。”

想着父亲每天不是到菜园就是到田里去做工，那怜悯他的心情，又油然而生：在我，我是只承认父亲应该在家里享福的，像别的有钱的人在家里享福一样。然而父亲是穷人，他只能到田里或菜园去，把锄头掮在白脑壳后面（因为他的头发全白了），这就是我很固执地可怜他的缘故。

我这时并且联想到许多人言——那每一个字音都是不怀好意的侮蔑，我不禁又怀疑起父亲了。我觉得，倘若这人言是有因的，那么母亲一定知道这秘密。

“爸爸是好人，可是全乡的人都讲他不好。”我开头说。

母亲不作声。她用惊疑的眼光看我，大约我说的话太出乎她意料了。

“人家一说到不好的事情就拿他做比喻……”

母亲闭起眼睛，想着什么似的。

我又说：“为什么呢，大家都这样鄙视爸爸？为什么他们不鄙视别人？爸爸是好人，我相信——”

母亲把眼睛张开了，望了我一眼，便叹了一口气。

于是我疑惑了。母亲的这举动，使我不能不猜疑到父亲或者真有了什么故事，为大家所瞧不起的。

我沉默着。我不想再说什么了。我害怕母亲将说出父亲的什么坏事。我不愿在慈爱可亲的父亲身上发现了永远难忘的秘密。我望着母亲，我希望她告诉我，父亲是怎样值得敬重的人物……我又想着许多人言去了。

我一面极力保存我的信仰，这就是父亲仍然是一个慈爱可亲的父亲。他的那沉默苦闷的脸，那因了辛苦的白头发，便在一瞬间全浮到我心上来了。我便又可怜他。我觉得人家的坏话是故意捏造的，捏造的缘故，正是人们容不得有个好人。

然而母亲却开口了，第一句她就埋怨说："怪得别人吗？"

这是怎样一种不幸事实的开头呢。我害怕。我不愿父亲变成不是我所敬爱的父亲。我几乎发呆地望着母亲，在我的心中我几乎要哭了，可是母亲并不懂得这意思，她只管说她的感慨。

"只怪他自己！"

显然父亲曾做过什么坏事了。我只想把母亲的嘴掩住，不要她再说出更不好的关于父亲的事情。

可是母亲又说下去了："自己做的事正应该自己去承受！"她又叹了一口气，"女人嫁到这样的男子，真是前世就做过坏梦的女人。"

我吓住了。我真个发呆地望着她。我央告地说："不——妈妈，你不要再说下去了。"

母亲不理会。也许她并不曾听见我所说的。她又继续她的感慨："真的，天下的男人（把女人也算在内），可没有第二个人比你父亲还会傻的。傻得真岂有此理——

（她特别望了我一眼）

"你以为我冤枉他吗？冤枉，一点也不。他实在比天下人都傻。我从没有听说过有人会像他那样的荒唐！你想想，孩子，你爸爸做的是什么事情。

"说来年代可久了。那是二十五年前的事——你还没有出世呢——我嫁给你父亲还不到两年。这两年以前的生活却也过得去。这两年以后嘛，见鬼啦，我永远恨这个傻子，荒唐到出奇的人。我到现在还没有寻死，也就是要恨他才活着的。

"这一年是一个荒年。真荒得厉害。差不多三个月不下一滴雨。

把水龙神游街了五次，并且把天后娘娘也请出宫来了，然而全白费。哪里见一滴雨？田干了，池子干了，河水干了，鱼虾也干了。什么都变了模样！树叶是黄的，菜叶是黄的，秧苗也是黄的，石板发烧，木头快要发火了，牲畜拖着舌头病倒了，人也要热得发狂了。那情景，真是，好像什么都要暴动的样子：天也要暴动，地也要暴动……到处都是蝗虫。

“直到现在，我还是害怕太阳比害怕死还害怕，说到那一年的旱荒，没有一个人有胆子再去回想一趟。（她咽了一下口水）你——有福气的孩子，没有遇上那种荒年，真是比什么人都有福气的。

“你父亲干的荒唐事就在那时候。这个大傻子，我真不愿讲起他，讲起他来我的心就会不平，我永远不讲他才好。

（母亲不自禁地却又讲下去）

“你父亲除了一个菜园，一个小柴山，是还有三担田的。因为自己有田，所以对于那样的旱天，便格外焦心了。他天天跑到田里去看：那才出地三寸多长的秧慢慢地软了，瘪了，黄了，干了，秋收绝望了。这是何等重大的事情啊，一个秋收的绝望！其实还不止没有谷子收，连菜也没有，果木更不用说了——每一个枝上都生虫了。

“你父亲整天地叹气：完了，什么都完了！

“不消说，他也和别人一样，明知是秧干了，菜黄了，一切都死了，纵然下起雨来也没有救了，然而还是希望着下雨的。你父亲希望下雨的心比谁都强。他竟至于发誓说：只要下雨，把他的寿数减去十年，他也愿意的。

“他的荒唐事就在这希望中发生了。这真是千古没有的荒唐事！

你想想看是一种什么事呀？

“你父亲正在菜园里，一株一株地拔去那干死的油菜，那个——我这一辈子不会忘记他——那个曾当过刽子手的王大保，他走来了，你父亲便照例向他打招呼。两个人便开始谈话了。

“他先说：‘唉！今年天真干得可以！’

“‘可不是？’你父亲回答，‘什么都死了。’

“‘天灾呀！’

“‘谁说不是呢？我们这一县从今年起可就穷到底了。’

“‘有田的人也没有米吃……’

“‘没有田的人更要饿死了。’

“‘你总可以过得去吧。去年你的田收成很好哇。’

“‘吃两年无论如何是不够的。说不定这田明年也下不得种：太干了，下种也不会出苗的。’

“‘干得奇怪！大约一百年所没有的。’

“‘再不下雨，人也要干死了。’

“‘恐怕这个月里面不会下吧。’

“‘不。我想不出三天一定会下的。’

“‘怎么见得呢？’

“‘我说不出理由。横直在三天之内一定会下的。’

“‘我不信。’

“‘一定会的。’

“‘你看这天气，三天之内能下雨吗？’

“‘准能够。’

“‘我说，一定不会下的。’

"'一定会——'

"'三天之内能下雨，那才是怪事呢——'

"'怎么，你不喜欢下雨吗？'

"'为什么说我不喜欢？'

"'你自己没有田——'

"'你简直侮辱人……'

"'要是不，为什么你硬说不会下雨呢？'

"'看天气是不会下的。'

"'一定会——'

"'打个赌！'

"'好的，你说打什么？'

"'把我的人打进去都行。'

"'那么，你说——'

"'我有四担田——就是你知道的，我就把这四担田和你打赌。'

"'那我只有三担田。'

"'添上你的那个柴山好了。'

"'好的。'

"'说赌就是真赌。'

"'不要脸的人才会反悔。'

"其实你父亲并不想赢人家的田。他只是相信他自己所觉得的，三天之内的下雨。

"谁知三天过去了，满天空还是火热的，不但不下雨，连一块像要下雨的云都没有。这三天的最后一天，你父亲真颓丧得像个什么，不吃饭，也不到田里去，只在房里独自地烦恼，愤怒得几乎要发疯了。

“于是第四天一清早，那个王大保就来了，他开头说：‘打赌的事情你大约已经忘记了！’

“‘谁忘记呢！’你父亲的生性是不肯受一点委屈的。

“‘那么这三天中你看见过下雨吗？’

“你父亲不作声。

“他又说：‘那个赌算是真赌还是假赌？’

“你父亲望着他。

“‘不要脸的人才会反悔——这是你自己说的话呀。’王大保冷冷地笑。

“‘我反悔过没有？’你父亲动气了。

“‘不反悔那就得实行我们的打赌。’

“‘大丈夫一言既出——破产算个什么呢。’你父亲便去拿田契。

“唉！（母亲特别感慨了）这是什么事情啊。我的天！为了讲笑话一样的打赌，就真的把仅有的三担田输给别人吗？没有人干过的事！那时候我和你父亲争执了半天，我死命不让他把田契拿去，可是他终于把我推倒，一伸腿就跑开了。

“我是一个女人，女人能够做什么事呢？我只有哭了。眼泪好几天没有干。可是流泪又有什么用处呢？

“你父亲——这个荒唐鬼——大大方方地就把一个小柴山和三担田给人家去了。自己祖业已成为别人的财产了。什么事只有男子才干得出来的。我有什么能力？一个女人，女人固然是男子所喜欢的，但是女人要男子不做他任意的事情可不行。我哭，哭也没有用；我恨，恨死他，还不是空的。

“啊，我记起了，我和你父亲还打了一场架呢。

“他说：‘与其让别人说我放赖，说我是一个打不起赌的怯汉，与其受这种羞辱，我宁肯做叫花子或是饿死的！’

“然而结果呢？把柴山给人家了，把田也给人家了，还不是什么人都说你父亲的坏话？这个傻子……”

母亲把话停住，我看见她的眼泪慢慢地流出来。

“要不是，”她又说，“我们也不会这样苦哇。”声音是呜咽了。

我害怕母亲的哭，便悄悄地跑下楼去。

这一天的下午看到父亲，我便问：“爸爸，你从前曾和一个刽子手打赌，是不是？”

父亲吃了一惊。

“听谁说的？”他的脸忽然阴郁了。

“人家都说你不好，所以我问母亲，母亲告诉我的。”

父亲的眉头紧蹙起来，闭起眼睛，显得万分难过的样子。

“对了，爸爸曾有过这么一回事。”他轻轻地拍一下我的肩膀说，“这都是爸爸的错处，害得你母亲吃苦，害得你到现在还替人家看牛……”

父亲想哭似的沉默着走去了。

从这时起我便觉得我父亲是一个非凡的人物。而这故事便是证明他非凡的故事。

我的母亲

邹韬奋

说起我的母亲，我只知道她是“浙江海宁查氏”，至今不知道她有什么名字！这件小事也可表示今昔时代的不同。现在的女子未出嫁的固然很“勇敢”地公开着她的名字，就是出嫁了的，也一样地公开着她的名字。不久以前，出嫁后的女子还大多数要在自己的姓前面加上丈夫的姓；通常人们的姓名只有三个字，嫁后女子的姓名往往有四个字。

在我年幼的时候，知道担任商务印书馆出版的《妇女杂志》笔政的朱胡彬夏，在当时算是有革命性的“前进的”女子了，她反抗了家里替她订的旧式婚姻，以致她的顽固的叔父宣言要用手枪打死她，但是她却仍在“胡”字上面加着一个“朱”字！近来的女子就有很多在嫁后仍只由自己的姓名，不加不减。这意义表示女子渐渐地有着她们自己的独立的地位，不是属于任何人所有的了。但是在我的母亲的时代，不但不能学“朱胡彬夏”的用法，简直根本就好像没有名字！我说“好像”，因为那时的女子也未尝没有名字，但在实际上似乎就用不着。

像我的母亲，我听见她的娘家的人们叫她作“十六小姐”，男家大家族里的人们叫她作“十四少奶”，后来我的父亲做官，人们便叫作“太太”，始终没有用她自己名字的机会！我觉得这种情形也可以暗示妇女在封建社会里所处的地位。

我的母亲在我十三岁的时候就去世了。我生的那一年是在九月里生的，她死的那一年是在五月里死的，所以我们母子两人在实际上相聚的时候只有十一年零九个月。我在这篇文里对于母亲的零星追忆，只是这十一年里的前尘影事。

我现在所能记得的最初对于母亲的印象，大约在两三岁的时候。

我记得有一天夜里，我独自一人睡在床上，由梦里醒来，蒙眬中睁开眼睛，模糊中看见由垂着的帐门射进来的微微的灯光。在这微微的灯光里瞥见一个青年妇人拉开帐门，微笑着把我抱起来。她嘴里叫我什么，并对我说了什么，现在都记不清了，只记得她把我负在她的背上，跑到一个灯光灿烂人影往来的大客厅里，走来走去“巡阅”着。大概是元宵吧，这大客厅里除有不少成人谈笑着外，有二三十个孩童提着各色各样的纸灯，里面燃着蜡烛，三五成群地跑着玩。我此时伏在母亲的背上，半醒半睡似的微张着眼看这个，望那个。那时我的父亲还在和祖父同住，过着“少爷”的生活；父亲有十来个弟兄，有好几个都结了婚，所以这大家族里看着这么多的孩子。母亲也做了这大家族里的一分子。她十五岁就出嫁，十六岁那年养我，这个时候才十七八岁。我由现在追想当时伏在她的背上睡眼惺忪所见着的她的容态，还感觉到她的活泼的欢悦的柔和的青春的美。我生平所见过的女子，我的母亲是最美的一个，就是当时伏在母亲背上的我，也能觉到在那个大客厅里许多妇女里面，没有一个及得到母亲的可爱。我现在想来，大概在我睡在房里的时候，母亲看见许多孩子玩灯热闹，便想起了我，也许蹑手蹑脚到我床前看了好几次，见我醒了，便负我出去一饱眼福。这是我对母亲最初的感觉，虽则在当时的幼稚脑袋里当然不知道什么叫作母爱。

后来祖父年老告退，父亲自己带着家眷在福州做候补官。我当时大概有了五六岁，比我小两岁的二弟已生了。家里除父亲母亲和这个小弟弟外，只有母亲由娘家带来的一个青年女仆，名叫妹仔。“做官”似乎怪好听，但是当时父亲赤手空拳出来做官，家里一贫如洗。

我还记得，父亲一天到晚不在家里，大概是到“官场”里“应酬”

去了，家里没有米下锅；妹仔替我们到附近施米给穷人的一个大庙里去领“仓米”，要先在庙前人山人海里面拥挤着领到竹签，然后拿着竹签再从挤得水泄不通的人群中，带着粗布袋挤到里面去领米；母亲在家里横抱着哭涕着的二弟踱来踱去，我在旁坐在一把小椅上呆呆地望着母亲，当时不知道这就是穷的景象，只诧异着母亲的脸何以那样苍白，她那样寂静无语地好像有着满腔无处诉的心事。妹仔和母亲非常亲热，她们竟好像母女，共患难，直到母亲病得将死的时候，她还是不肯离开她，把孝女自居，寝食俱废地照顾着母亲。

母亲喜欢看小说，那些旧小说，她常常把所看的内容讲给妹仔听。她讲得娓娓动听，妹仔听着忽而笑容满面，忽而愁眉双锁。章回的长篇小说一下讲不完，妹仔就很不耐地等着母亲再看下去，看后再讲给她听。往往讲到孤女患难，或义妇含冤的凄惨的情形，她两人便都热泪盈眶，泪珠尽往颊上涌流着。那时的我立在旁边瞧着，莫名其妙，心里不明白她们为什么那样无缘无故地挥泪痛哭一顿，和在上面看到穷的景象一样地不明白其所以然。现在想来，才感觉到母亲的情感的丰富，并觉得她讲的故事能那样地感动着妹仔。如果母亲生在现在，有机会把自己造成一个教员，必可成为一个循循善诱的良师。

我六岁的时候，由父亲自己为我“发蒙”，读的是《三字经》，第一天上的课是“人之初，性本善；性相近，习相远”。一点莫名其妙！一个人坐在一个小客厅的炕床上“朗诵”了半天，苦不堪言！母亲觉得非请一位“西席”老夫子，总教不好，所以家里虽一贫如洗，情愿节衣缩食，把省下的钱请一位老夫子。说来可笑第一个请来的这位老夫子，每月束脩只需四块大洋（当然供膳宿），虽则这四块大洋，在母亲已是一件很费筹措的事情。我到十岁的时候，读的是“孟子见梁惠王”，教师的每月束脩已加到十二元，算增加了三倍。到年底的时候，父亲要“清算”我平日的功课，在夜里亲自听我背书，很严厉，桌上放着一根两指阔的竹板。我的背向着他立着背书，背不出的时候，他提一个字，就叫我回转身来把手掌展放在桌上，他拿起这根竹板很重地打下来。我吃了这一下苦头，痛是血肉的身体所无法避免的感觉，当然失声地哭了，但是还要忍住哭，回过身去再背。不幸又有一处中断，背不下去，经他再提一字，再打一下。呜呜咽咽地背着那位前世冤家的“见梁惠王”的“孟子”！

我自己呜咽着背，同时听得见坐在旁边缝纫着的母亲也唏唏嘘嘘地泪如泉涌地哭着。

我心里知道她见我被打，她也觉得好像刺心的痛苦，和我表着十二分的同情，但她却时时从呜咽着的断断续续的声音里勉强说着“打得好”！她的饮泣吞声，为的是爱她的儿子；勉强硬着头皮说声“打得好”，为的是希望她的儿子上进。由现在看来，这样的教育方法真是野蛮之至！但于我不敢怪我的母亲，因为那个时候就只有这样野蛮的教育法；如今想起母亲见我被打，陪着我一同哭，那样的母爱，仍然使我感念着我的慈爱的母亲。背完了半本“梁惠王”，右手掌打得发肿有半寸高，偷向灯光中一照，通亮，好像满肚子装着已成熟的丝的蚕身一样。母亲含着泪抱我上床，轻轻把被盖上，向我额上吻了几吻。

当我八岁的时候，二弟六岁，还有一个妹妹三岁。三个人的衣服鞋袜，没有一件不是母亲自己做的。她还时常收到一些外面的女红来做，所以很忙。我在七八岁时，看见母亲那样辛苦，心里已知道感觉不安。记得有一个夏天的深夜，我忽然从睡梦中醒了起来，因为我的床背就紧接着母亲的床背，所以从帐里望得见母亲独自一人在灯下做鞋底，我心里又想起母亲的劳苦，辗转反侧睡不着，很想起来陪陪母亲。但是小孩子深夜不好好地睡，是要受到大人的责备的，就说是要起来陪陪母亲，一定也要被申斥几句，万不会被准许的(这至少是当时我的心理)，于是想出一个借口来试试看，便叫声母亲，说太热睡不着，要起来坐一会儿。出乎我意料的，母亲居然许我起来坐在她的身边。我眼巴巴地望着她额上的汗珠往下流，手上一针不停地做着布鞋——做给我穿的。这时万籁俱寂，只听到嘀嗒的钟声和可以微闻得到的母亲的呼吸。我心里暗自想念着，为着我要穿鞋，累母亲深夜工作不休，心上感到说不出的歉疚，又感到坐着陪陪母亲，似乎可以减轻些心里的不安成分。当时一肚子里充满着这些心事，却不敢对母亲说出一句。才坐了一会儿，又被母亲赶上床去睡觉，她说小孩子不好好地睡，起来干什么！现在我的母亲不在了，她始终不知道她这个小儿子心里有过这样的一段不敢说出的心理状态。

母亲死的时候才二十九岁，留下了三男三女。在临终的那一夜，她神志非常清楚，忍泪叫着一个一个子女嘱咐一番。她临去最舍不得的就是她这一群的子女。

我的母亲只是一个平凡的母亲，但是我觉得她的可爱的性格，她的努力的精神，她的能干的才具，都埋没在封建社会的一个家族里，都葬送在没有什么意义的事务上，否则她一定可以成为社会上一个更有贡献的分子。我也觉得，像我的母亲这样被埋没葬送掉的女子不知有多少！

风　筝

鲁　迅

北京的冬季，地上还有积雪，灰黑色的秃树枝丫杈于晴朗的天空中，而远处有一二风筝浮动，在我是一种惊异和悲哀。

故乡的风筝时节，是春二月，倘听到沙沙的风轮声，仰头便能看见一个淡墨色的蟹风筝或嫩蓝色的蜈蚣风筝。还有寂寞的瓦片风筝，没有风轮，又放得很低，伶仃地显出憔悴可怜模样。但此时地上的杨柳已经发芽，早的山桃也多吐蕾，和孩子们的天上的点缀相照应，打成一片春日的温和。我现在在哪里呢？四面都还是严冬的肃杀，而久经诀别的故乡的久经逝去的春天，却就在这天空中荡漾了。

但我是向来不爱放风筝的，不但不爱，并且嫌恶它，因为我以为这是没出息孩子所做的玩意。和我相反的是我的小兄弟，他那时大概十岁内外吧，多病，瘦得不堪，然而最喜欢风筝，自己买不起，我又不许放，他只得张着小嘴，呆看着空中出神，有时至于小半日。远处的蟹风筝突然落下来了，他惊呼；两个瓦片风筝的缠绕解开了，他高兴得跳跃。他的这些，在我看来都是笑柄，可鄙的。

有一天，我忽然想起，似乎多日不很看见他了，但记得曾见他在后园拾枯竹。我恍然大悟似的，便跑向少有人去的一间堆积杂物的小屋去，推开门，果然就在尘封的什物堆中发现了他。他向着大方凳，坐在小凳上；便很惊惶地站了起来，失了色瑟缩着。大方凳旁靠着一个蝴蝶风筝的竹骨，还没有糊上纸，凳上是一对做眼睛用的小风轮，正用红纸条装饰着，将要完工了。我在破获秘密的满足中，又很愤怒他的瞒了我的眼睛，这样苦心孤诣地来偷做没出息孩子的玩意。我即刻伸手抓断了蝴蝶的一支翅骨，又将风轮掷在地下，踏扁了。论长幼，论力气，他是都敌不过我的，我当然得到完全的胜利，于是傲然走出，留他绝望地站在小屋里。后来他怎样，我不知道，也没有留心。

然而我的惩罚终于轮到了，在我们离别得很久之后，我已经是中年。我不幸偶尔看了一本外国的讲论儿童的书，才知道游戏是儿童最正当的行为，玩具是儿童的天使。于是二十年来毫不忆及的幼小时候对于精神的虐杀的这一幕，忽地在眼前展开，而我的心也仿佛同时变了铅块，很重很重地堕下去了。

但心又不竟堕下去而至于断绝，它只是很重很重地堕着，堕着。

我也知道补过的方法的：送他风筝，赞成他放，劝他放，我和他一同放。我们嚷着，跑着，笑着。——然而他其时已经和我一样，早已有了胡子了。

我也知道还有一个补过的方法的：去讨他的宽恕，等他说，“我可是毫不怪你呀”。那么，我的心一定就轻松了，这确是一个可行的方法。有一回，我们会面的时候，是脸上都已添刻了许多“生”的辛苦的条纹，而我的心很沉重。我们渐渐谈起儿时的旧事来，我便叙述到这一节，自说少年时代的糊涂。“我可是毫不怪你呀。”我想，他要说了，我即刻便受了宽恕，我的心从此也宽松了吧。

“有过这样的事吗？”他惊异地笑着说，就像旁听着别人的故事一样。他什么也不记得了。

全然忘却，毫无怨恨，又有什么宽恕之可言呢？无怨的恕，说谎罢了。

我还能希求什么呢？我的心只得沉重着。

现在，故乡的春天又在这异地的空中了，既给我久经逝去的儿时的回忆，而一并也带着无可把握的悲哀。我倒不如躲到肃杀的严冬中去吧——但是，四面又明明是严冬，正给我非常的寒威和冷气。

守岁烛

缪崇群

蔚蓝静穆的空中，高高地飘着一两个稳定不动的风筝，从不知道远近的地方，时时传过几声响亮的爆竹——在夜晚，它的回音是越发地撩人了。

岁是暮了。

今年侥幸没有他乡作客，也不曾颠沛在那遥迢的异邦，身子就在自己的家里；但这个陋小低晦的四围，没有一点生气，也没有一点温情，只有垂死般的宁静，冰雪般的寒冷。一种寂寥与没落的悲哀，于是更深地把我笼罩了，我永日沉默在冥想的世界里。

因为想着逃脱这种氛围，有时我便独自到街头徜徉去，可是那些如梭的车马，鱼贯的人群，也同样不能给我一点兴奋或慰藉，他们映在我眼睑的不过是一幅熙熙攘攘的世相，活动的，滑稽的，杂乱的写真，看罢了所谓年景归来，心中越是惆怅地没有一点皈依了。

啊！ What is a home without mother？（没有母亲的家是什么？）

我又陡然地记忆起这句话了——它是一个歌谱的名字，可惜我不能唱它。

在那五年前的除夕的晚上，母亲还能斗胜了她的疾病，精神很焕发地和我们在一起聚餐，然而我不知怎么那样地不会凑趣，我反郁郁地沉着脸，仿佛感到一种不幸的预兆似的。

“你怎么了？”母亲很担心地问。

“没有怎么，我是好好的。”

我虽然这样回答着，可是那两股辛酸的眼泪，早禁不住地要流出来了。我急忙转过脸，或低下头，为避免母亲的视线。

“少年人总要放快活些，我像你这般大的年纪，还一天玩到晚，什么心思都没有呢。”

母亲已经把我看破了。

我没有言语。父亲默默地呷着酒，弟弟尽独自夹他所喜欢吃的东西。

自己因为早熟一点的缘故，不经意地便养成了一种易感的性格。每当人家喜欢的时刻，自己偏偏感到哀愁；每当人家热闹的时刻，自己却又感到一种莫名的孤独。究竟为什么呢？我是回答不出来的……

——没有不散的筵席，这句话的黑影，好像整整投满了我的窄隘的心胸。

饭后过了不久，母亲便拿出两个红纸包儿来，一个给弟弟，一个给我。给弟弟的一个，立刻便被他拿走了，给我的一个，却还在母亲的手里握着。

红纸包儿里裹着压岁钱，这是我们每年所最盼切而且数目最多的一笔收入，但这次我是没有一点兴致接受它的。

“妈，我不要吧，平时不是一样地有吗？再说我已经渐渐长大了。”

“唉，孩子，在父母面前，八十岁也算不上大的。”

“妈妈自己尽辛苦节俭，哪里有什么富余的呢。”我知道母亲每次都暗暗添些钱给我，所以我更不愿意接受了。

“这是我心愿给你们用的……”母亲还没说完，这时父亲忽然在隔壁带着笑声地嚷了：“不要给大的了，他又不是小孩子。”

“别睬他，快拿起来吧。”母亲也抢着说，好像哄一个婴孩，唯恐他受了惊吓似的……

佛前的香气，蕴满了全室，烛光是煌煌的。那慈祥、和平、闲静的烟纹，在黄金色的光辐中缭绕着，起伏着，仿佛要把人催得微醉了，定一下神，又似乎自己乍从梦里醒觉过来一样。

母亲回到房里的时候，父亲已经睡了；但她并不立时卧下休息，她仅沉思般地坐在床头，这时我心里真凄凉起来了，于是我也走进了房里。

房里没有灯，靠着南窗底下，烧着一对明晃晃的蜡烛。

“妈今天累了吧？”我想赶去这种沉寂的空气，并且打算伴着母亲谈些家常。我是深深知道我刚才那种态度太不对了。

“不——”她望了我一会儿又问，“你怎么今天这样不喜欢呢？”

我完全追悔了，所以我也很坦白地回答母亲：“我也说不出为什么，逢到年节，心里总感觉着难受似的。”

“年轻的人，不该这样的，又不像我们老了，越过越淡。”

——是的，越过越淡，在我心里，也这样重复地念了一遍。

“房里也点蜡烛做什么？”我走到烛前，剪着烛花问。

“你忘记了吗？这是守岁烛，每年除夕都要点的。”

那一对美丽的蜡烛，它们真好像穿着红袍的新人。上面还题着金字：寿比南山……

“太高了一点吧？”

“你知道守岁守岁，要从今晚一直点到明朝呢。最好是一同熄——所谓同始同终——如果有剩下来的便留到清明晚间照百虫，经这烛光一照，百虫便无影踪了……”

在烛光底下，我们不知坐了多久；我们究竟把我们的残余的，唯有的一岁守住了没有呢，哪怕是蜡烛再高一点，除夕更长一些？

外面的爆竹，还是密一阵疏一阵地响着，只有这一对守岁烛是默默无语，它的火焰在不定地摇曳，泪是不止地垂滴，自始至终，自己燃烧着自己。

明年，母亲便去世了，过了一个阴森森的除夕。

第二年，第三年，我都不在家里……是去年的除夕吧，在父亲的房里，又燃起了“一对”明晃晃的守岁烛了。

——母骨寒了没有呢？我只有自己问着自己。

又届除夕了，环顾这陋小，低晦，没有一点生气与温情的四围——比去年更破落了的家庭。唉，我除了凭吊那些黄金的过往以外，哪里还有一点希望与期待呢？

岁虽暮，阳春不久就会到来……

心暮了，生命的火焰，将在长夜里永久逝去了！

一个人在途上

郁达夫

在东车站的长廊下和女人分开以后，自家又剩了孤伶仃的一个。频年漂泊惯的两口儿，这一回的离散，倒也算不得什么特别，可是端午节那天，龙儿刚死，到这时候北京城里已起了秋风，但是计算起来，去儿子的死期，究竟还只有一百来天。在车座里，稍稍把意识恢复转来的时候，自家就想起了卢骚晚年的作品，“孤独散步者的梦想”的头上的几句话。

“自家除了己身以外，已经没有弟兄，没有邻人，没有朋友，没有社会了，自家在这世上，像这样的，已经成了一个孤独者了。……”然而当年的卢骚还有弃养在孤儿院内的五个儿子，而我自己哩，连一个抚育到五岁的儿子还抓不住！

离家的远别。本来也只为想养活妻儿。去年在某大学的被逐，是万料不到的事情。其后兵乱迭起，交通阻绝，当寒冬的十月，会病倒在沪上也是谁也料想不到的。今年二月，好容易到得南方，归息了一年之半，谁知这刚养得出趣的龙儿，又会遭此凶疾呢？

龙儿的病报，本是广州得着，匆促北航，到了上海，接连接了几个北京来的电报，换船到天津，已经是旧历的五月初十。到家之夜，一见了门上的白纸条儿，心里已经是跳得忙乱，从苍茫的暮色里赶到哥哥家中，见了衰病的她，因为在大众之前，勉强将感情压住，草草吃了夜饭，上床就寝，把电灯一灭，两人只有紧抱的痛哭，痛哭，痛哭，只是痛哭，气也换不过来，更哪里有说一句话的余裕？

受苦的时间，的确脱煞过去的太悠徐，今年的夏季，只是悲叹的连续。晚上上床，两口儿，哪敢提一句话？可怜这两个迷散的灵心，在电灯灭黑的幽暗里，所摸走的荒路，每凑集在一条线上，这路的交叉点里，只有一块小小的墓碑，墓碑上只有“龙儿之墓”的四个红字。

妻儿因为在浙江老家内不能和母亲同住，不得已而搬往北京当时我在寄食的哥哥家去，是去年的四月中旬，那时候龙儿正长得肥满可爱，一举一动，处处教人欢喜。到了五月初，从某地回京，觉得哥哥家太狭小，就在什刹海的北岸，租定了一间渺小的住宅。夫妻两个，日日和龙儿伴乐，闲时也常在北海的荷花深处，及门前的杨柳中带龙儿去走走。这一年的暑假，总算过得快乐，最闲适。

秋风吹叶落的时候，别了龙儿和女人，再上某地大学去为朋友帮忙，当时他们俩还往西车站去送我来哩！这是去年秋晚的事情，想起来还同昨日的情形一样。

过了一月，某地的学校里发生事情，又回京了一次，在什刹海小住了两星期，本来打算不再出京了，然碍于朋友的面子，又不得不于一天寒风刺骨的黄昏，上西车站去乘车。这时候因为怕龙儿要哭，自己和女人，吃过晚饭，便只说要往哥哥家里去，只许他送我们到门口。记得那一天晚上他一个人和老妈子立在门口，等我 们俩去了好远，还“爸爸！爸爸”地叫了几声。啊啊，这几声的呼唤，是我在这世上听到的他叫我的最后的声音。

出京之后，到某地住了一宵，就匆促往上海。接续便染了病，遇了强盗辈的争夺政权，其后赴南方暂住，一直到今年的五月，才返北京。

想起来，龙儿实在是一个填债的儿子，是当乱离困厄的这几年中间，特来安慰我和他娘的愁闷的使者！

自从他在安庆生落地以来，我自己没有一天脱离过苦闷，没有一处安住到五个月以上。我的女人，夜夜和我分担当着十字架的重负，只是东西南北地奔波漂泊。当然日夜难安，悲苦得不了的时候，只教他的笑脸一开，女人和我就可以把一切穷愁，丢在脑后。而今年五月初十待我赶到北京的时候，他的尸体，早已在妙光阁的广谊园地下躺着了。

他的病，说是脑膜炎。自从得病之日起，一直到旧历端午节的午时绝命的时候止，中间经过有一个多月的光景。平时被我们宠坏了的他，听说此番病里，却乖顺得非常。叫他吃药，他就大口地吃，叫他用冰枕，他就很柔顺地躺上。病后还能说话的时候，只问他的娘："爸爸几时回来？""爸爸在上海为我定做的小皮鞋，已经做好了没有？"我的女人，于惑乱之余，每幽幽地问他："龙！你晓得你这一场病，会不会死的？"他老是很不愿意地回答说："哪儿会死的哩？"据女人含泪地告诉我说，他的谈吐，绝不似一个五岁的小儿。

未病之前一个月的时候，有一天午后他在门口玩耍，看见西面来了一乘马车，马车里坐着一个戴灰白帽子的青年。他远远看见，就急忙丢下了伴侣，跑进屋里叫他娘出来，说："爸爸回来了，爸爸回来了！"因为我去年离京时所戴的，是一样的一顶白灰呢帽。他娘跟他出来到门前，马车已经过去了。他就死劲地拉住了他娘，哭喊着说："爸爸怎么不家来呀？爸爸怎么不家来呀？"他娘说慰了半天，他还尽是哭着，这也是他娘含泪和我说的。现在回想起来，自己实在不该抛弃了他们，一个人在外面流荡，致使那小小的灵心，常有望远思亲之痛。

去年六月，搬往什刹海之后，有一次我们在堤上散步，因为他看见了人家的汽车，硬是哭着要坐，被我痛打了一顿。又有一次，他是因为要穿洋服，受了我的毒打。这实在只能怪我做父亲的没有能力，不能做洋服给他穿，雇汽车给他坐。早知他要这样的早死，我就是典当抢劫，也应该去弄一点钱来，满足他无邪的欲望，到现在追想起来，实在觉得对他不起，实在是我太无容人之量了。

我女人说，濒死的前五天，在病院里，叫了几夜的爸爸。她问他："叫爸爸干什么？"他又不响了，停一会儿，就又再叫起来，到了旧历五月初三日，他已入了昏迷状态，医师替他抽骨髓，他只会直叫一声："干吗？"喉头的气管，咯咯在抽咽，眼睛只往上吊送，口头流些白沫，然而一口气总不肯断。他娘哭叫几声："龙！龙！"他的眼角上，就迸流下眼泪出来，后来他娘看他苦得难过，倒对他说："龙，你若是没有命的，就好好地去吧！你是不是想等爸爸回来，就是你爸爸回来，也不过是这样地替你医治罢了。龙！你有什么不了的心愿呢？龙！与其这样地抽咽受苦，你还不如快快地去吧！"他听了这段话，眼角上眼泪，更是涌流得厉害。到了旧历端午节的午时，他竟等不着我的回来，终于断气了。

丧葬之后，女人搬往哥哥家里，暂住了几天。我于五月十日晚上，下车赶到什刹海的寓宅，打门打了半天，没有应声。后来抬头一看，才见了一张告示邮差送信的白字条。

自从龙儿生病以后连日连夜看护久已倦了的她，又哪里经得起最后的这一个打？自己当到京之后，见了她的衰容，见了她的眼泪，又哪里能够不痛哭呢？

在哥哥家里小住了两三天，我因为想追求龙儿生前的遗迹，一定要女人和我仍复搬回什刹海的住宅去住他一两个月。

搬回去那天，一进上屋的门，就见了一张被他玩破的今年正月里的花灯。听说这张花灯，是南城大姨妈送他的，因为他自家烧破了一个窟窿，他还哭过好几次来的。

其次，便是上房里砖上的几堆烧纸钱的痕迹！当他下殓时烧的。

院子有一架葡萄，两棵枣树，去年采取葡萄枣子的时候，他站在树下，兜起了大褂，仰头在看树上的我。我摘取一颗，丢入了他的大褂斗里，他的哄笑声，要继续到三五分钟，今年这两棵枣树结满了青青的枣子，风起的半夜里，老有熟极的枣子辞枝自落，女人和我，睡在床上，有时候且哭且谈，总要到更深人静，方能入睡。在这样的幽幽的谈话中间，最怕听的，就是嘀嗒的坠枣之声。

到京的第二日，和女人去看他的坟墓。先在一家南纸铺里买了许多冥府的钞票，预备去烧送给他，直到到了妙光阁的广谊园茔地门前，她方从呜咽里清醒过来，说："这是钞票，他一个小孩如何用得呢？"就又回车转来，到琉璃厂去买了些有孔的纸钱。她在坟前哭了一阵，把纸钱钞烧化的时候，却叫着说："这一堆是钞票，你收在那里，待长大了的时候再用。要买什么，你先拿这一堆钱去用吧。"这一天他的坟上坐着，我们直到午后七点，太阳平西的时候，才回家来。临走的时候，他娘还哭叫着说："龙！龙！你一个人在这里不怕冷静的吗？龙！龙！人家若来欺你，你晚上来告诉娘吧！你怎么不想回来了呢？你怎么梦也不来托一个呢？"

箱子里，还有许多散放着的他的小衣服。今年北京的天气，到七月中旬，已经是很冷了。当微凉的早晚，我们俩都想换上几件夹衣，然而因为怕见他旧时的夹衣袍袜，我们俩却尽是一天一天地挨着，谁也不说出口来，说"要换上件夹衫"。

有一次和女人在那里睡午觉，她骤然从床上坐了起来，鞋也不拖，光着袜子，跑上了上房起坐室里，并且更掀帘跑上外面院子里去。

我也莫名其妙跟着她跑到外面的时候，只见她在那里四面找寻什么。找寻不着，呆立了一会儿，忽然放声哭了起来，并且抱住了我急急地追问说:“你听不听见？你听不听见？”哭完之后，她才告诉我说，在半醒半睡的中间，她听见“娘！娘”地叫了几声，的确是龙的声音，她很坚定地说：“的确是龙回来了。”

北京的朋友亲戚，为安慰我们起见，今年夏天常请我们俩去吃饭听戏，她老不愿意和我同去，因为去年的六月，我们无论上哪里去玩，龙儿是常和我们在一处的。

今年的一个暑假，就是这样的，在悲叹和幻梦的中间消逝了。这一回南方来催我就道的信，过于匆促，出发之前，我觉得还有一件大事情没有做了。

中秋节前新搬了家，为修理房屋，部署杂事，就忙了一个星期，又因了种种琐事，不能抽出空来，再上龙儿的墓地去探望一回。女人上东车站来送我上车的时候，我心里尽是酸一阵痛一阵地在回念这一件恨事。有好几次想和她说出来，教她于两三日后再往妙光阁去探望一趟，但见了她的憔悴尽的颜色和苦忍住的凄楚，又终于一句话也没有讲成。

现在去北京远了，去龙儿更远了，自家只一个人，只是孤零丁的一个人。在这里继续此生中大约是完不了的漂泊。

儿 女

朱自清

我现在已是五个儿女的父亲了。想起圣陶喜欢用的“蜗牛背了壳”的比喻,便觉得不自在。新近一位亲戚嘲笑我说:“要剥层皮呢!”更有些悚然了。十年前刚结婚的时候,在胡適之先生的《藏晖室札记》里,见过一条,说世界上有许多伟大的人物是不结婚的;文中并引培根的话,“有妻子者,其命定矣”。当时确吃了一惊,仿佛梦醒一般;但是家里已是不由分说给娶了媳妇,又有什么可说?现在是一个媳妇,跟着来了五个孩子;两个肩头上,加上这么重一副担子,真不知怎样走才好,“命定”是不用说了;从孩子们那一面说,他们该怎样长大,也正是可以忧虑的事。我是个彻头彻尾自私的人,做丈夫已是勉强,做父亲更是不成。自然“子孙崇拜”“儿童本位”的哲理或伦理,我也有些知道;既做着父亲,闭了眼抹杀孩子们的权利,知道是不行的。可惜这只是理论,实际上我是仍旧按照古老的传统,在野蛮地对付着,和普通的父亲一样。近来差不多是中年的人了,才渐渐觉得自己的残酷;想着孩子们受过的体罚和叱责,始终不能辩解——像抚摩着旧创痕一样,我的心酸溜溜的。有一回读了有岛武郎《与幼小者》的译文,对了那种伟大的、诚挚的态度,我流下泪来了。去年父亲来信,问起阿九,那时阿九还在白马湖呢;信上说:“我没有耽误你,你也不要耽误他才好。”我为这句话哭了一场;我为什么不像父亲的仁慈?我不该忘记,父亲怎样对待我们来着!人性许真是二元的,我是这样地矛盾,我的心像钟摆似的来去。

你读过鲁迅先生的《幸福的家庭》吗?我的便是那一类的“幸福的家庭”!每天午饭和晚饭,就如两次潮水一般。先是孩子们你来他去地在厨房与饭间里查看,一面催我或妻发“开饭”的命令。

急促繁碎的脚步，夹着笑和嚷，一阵阵袭来，直到命令发出为止。他们一递一个地跑着喊着，将命令传给厨房里用人，便立刻抢着回来搬凳子。于是这个说："我坐这儿！"那个说："大哥不让我！"大哥却说："小妹打我！"我给他们调解，说好话。但是他们有时候很固执，我有时候也不耐烦，这便用着叱责了，叱责了还不行，不由自主地，我的沉重的手掌便到他们身上了。于是哭的哭，坐的坐，局面才算定了。接着可又你要大碗，他要小碗，你说红筷子好，他说黑筷子好，这个要干饭，那个要稀饭，要茶要汤，要鱼要肉，要豆腐，要萝卜，你说他菜多，他说你菜好。妻是照例安慰着他们，但这显然是太迂缓了。我是个暴躁的人，怎么等得及？不用说，用老法子将他们立刻征服了；虽然有哭的，不久也就抹着泪捧起碗了。吃完了，纷纷爬下凳子，敧斜的匙子，就如一块花花绿绿的地图模型。吃饭而外，他们的大事便是游戏。游戏时，大的有大主意，小的有小主意，各自相持不下，于是争执起来；或者大的欺负了小的，或者小的欺负了大的，被欺负的哭着嚷着，到我或妻的面前诉苦；我大抵仍旧要用老法子来判断的，但不理的时候也有。最为难的，是争夺玩具的时候：这一个的与那一个的是同样的东西，却偏要那一个的；而那一个便偏不答应。在这种情形之下，不论如何，终于是非哭了不可的。这些事件自然不至于天天全有，但大致总有好些起。我若坐在家里看书或写什么东西，管保一点钟里要分几回心，或站起来一两次的。若是雨天或礼拜日，孩子们在家的多，那么，摊开书竟看不下一行，提起笔也写不出一个字的事，也有过的。我常和妻说："我们家真是成日的千军万马呀！"有时是不但"成日"，连夜里也有兵马在进行着，在有吃乳或生病的孩子的时候！

我结婚那一年，才十九岁。二十一岁，有了阿九；二十三岁，又有了阿菜。那时我正像一匹野马，哪能容忍这些累赘的鞍鞯、辔头和缰绳？摆脱也知是不行的，但不自觉地时时在摆脱着。现在回想起来，那些日子，真苦了这两个孩子，真是难以宽宥的种种暴行呢！阿九才两岁半的样子，我们住在杭州的学校里。不知怎的，这孩子特别爱哭，又特别怕生人。一不见了母亲，或来了客，就哇哇地哭起来了。学校里住着许多人，我不能让他扰着他们，而客人也总是常有的；我懊恼极了，有一回，特地骗出了妻，关了门，将他按在地下打了一顿。这件事，妻到现在说起来，还觉得有些不忍；她说我的手太辣了，到底还是两岁半的孩子！我近年常想着那时的光景，也觉黯然。阿菜在台州，那是更小了，才过了周岁，还不大会走路。也是为了缠着母亲的缘故吧，我将她紧紧地按在墙角里，直哭喊了三四分钟，因此生了好几天病。妻说，那时真寒心呢！但我的苦痛也是真的。我曾给圣陶写信，说孩子们的磨折，实在无法奈何；有时竟觉着还是自杀的好。这虽是气愤的话，但这样的心情，确也有过的。后来孩子是多起来了，磨折也磨折得久了，少年的锋棱渐渐地钝起来了；加以增长的年岁增长了理性的裁制力，我能够忍耐了——觉得从前真是个“不成材的父亲”，如我给另一个朋友信里所说。但我的孩子们在幼小时，确比别人的特别不安静，我至今还觉如此。我想这大约还是由于我们抚育不得法；从前只一味地责备孩子，让他们代我们负起责任，却未免是可耻的残酷了！

正面意义的“幸福”，其实也未尝没有。正如谁所说，小的总是可爱，孩子们的小模样，小心眼儿，确有些教人舍不得的。阿毛现在五个月了，你用手指去拨弄她的下巴，或向她做趣脸，她便会张开没牙的嘴咯咯地笑，笑得像一朵正开的花。她不愿在屋里待着；待久了，便大声儿嚷。妻常说："姑娘又要出去溜达了。"她说她像鸟儿般，每天总得到外面遛一些时候。润儿上个月刚过了三岁，笨得很，话还没有学好呢。他只能说三四个字的短语或句子，文法错误，发音模糊，又得费气力说出，我们老是要笑他的。他说"好"字，总变成"小"字；问他"好不好"，他便说"小"，或"不小"。我们常常逗着他说这个字玩儿；他似乎有些觉得，近来偶然也能说出正确的"好"字了——特别在我们故意说成"小"字的时候。他有一只搪瓷碗，是一毛钱买的。买来时，老妈子教给他："这是一毛钱。"他便记住"一毛"两个字，管那只碗叫"一毛"，有时竟省称为"毛"。这在新来的老妈子，是必须翻译了才懂的。他不好意思，或见着生客时，便咧着嘴痴笑；我们常用了土话，叫他作"呆瓜"。他是个小胖子，短短的腿，走起路来，蹒跚可笑；若快走或跑，便更"好看"了。他有时学我，将两手叠在背后，一摇一摆的；那是他自己和我们都要乐的。他的大姊便是阿菜，已是七岁多了，在小学里念着书。在饭桌上，一定得啰啰唆唆地报告些同学或他们父母的事情，气喘喘地说着，不管你爱听不爱听。说完了总问我："爸爸认识吗？""爸爸知道吗？"妻常禁止她吃饭时说话，所以她总是问我。她的问题真多：看电影便问电影里的是不是人？是不是真人？怎么不说话？看照相也是一样。不知谁告诉她，兵是要打人的。她回来便问，兵是人吗？为什么打人？近来大约听了先生的话，回来又问张作霖的兵是帮谁的？蒋介石的兵是不是帮我们的？诸如此类的问题，每天短不了，常常闹得我不知怎样答才行。她和润儿在一处玩儿，一大一小，不很合适，老是吵着哭着。但合适的时候也有：譬如这个往这个床底下躲，那个便钻进去追着；这个钻出来，那个也跟着——这个床到那个床，听见笑着，嚷着，喘着，真如妻所说，像小狗似的。现在在京的，便只有这三个孩子；阿九和转儿是去年北来时，让母亲暂带回扬州去了。

阿九是欢喜书的孩子。他爱看《水浒传》《西游记》《三侠五义》《小朋友》等；没有事便捧着书坐着或躺着看。只不欢喜《红楼梦》，说是没有味儿。是的，《红楼梦》的味儿，一个十岁的孩子，哪里能领略呢？去年我们事实上只能带两个孩子来；因为他大些，而转儿是一直跟着祖母的，便在上海将他俩丢下。我清清楚楚记得那分别的一个早上。我领着阿九从二洋泾桥的旅馆出来，送他到母亲和转儿住着的亲戚家去。妻嘱咐说："买点吃的给他们吧。"我们走过四马路，到一家茶食铺里。阿九说要熏鱼，我给买了；又买了饼干，是给转儿的。便乘电车到海宁路。下车时，看着他的害怕与累赘，很觉恻然。到亲戚家，因为就要回旅馆收拾上船，只说了一两句话便出来；转儿望望我，没说什么，阿九是和祖母说什么去了。我回头看了他们一眼，硬着头皮走了。后来妻告诉我，阿九背地里向她说："我知道爸爸欢喜小妹，不带我上北京去。"其实这是冤枉的。他又曾和我们说："暑假时一定来接我呀！"我们当时答应着；但现在已是第二个暑假了，他们还在迢迢的扬州待着。他们是恨着我们呢？还是惦着我们呢？妻是一年来老放不下这两个，常常独自暗中流泪；但我有什么法子呢！想到"只为家贫成聚散"一句无名的诗，不禁有些凄然。转儿与我较生疏些。但去年离开白马湖时，她也曾用了生硬的扬州话（那时她还没有到过扬州呢），和那特别尖的小嗓子向着我："我要到北京去。"她晓得什么北京，只跟着大孩子们说罢了；

但当时听着，现在想着的我，却真是抱歉呢。这兄妹俩离开我，原是常事，离开母亲，虽也有过一回，这回可是太长了；小小的心儿，是怎样忍耐那寂寞来着！

我的朋友大概都是爱孩子的。少谷有一回写信责备我说，说儿女的吵闹，也是很有趣的，何至可厌到如我所说；他说他真不解。子恺为他家华瞻写的文章，真是“蔼然仁者之言”。圣陶也常常为孩子操心：小学毕业了，到什么中学好呢这样的话，他和我说过两三回了。我对他们只有惭愧！可是近来也渐渐觉得自己的责任。我想，第一该将孩子们团聚起来，其次便该给他们些力量。我亲眼见过一个爱儿女的人，因为不曾好好地教育他们，便将他们荒废了。他并不是溺爱，只是没有耐心去料理他们，他们便不能成材了。我想我若照现在这样下去，孩子们也便危险了。我得计划着，让他们渐渐知道怎样去做人才行。但是要不要他们像我自己呢？这一层，我在白马湖教初中学生时，也曾从师生的立场上问过丏尊，他毫不踌躇地说：“自然啰。”近来与平伯谈起教子，他却答得妙：“总不希望比自己坏啰。”是的，只要不“比自己坏”就行，“像”不“像”倒是不在乎的。职业、人生观等，还是由他们自己去定的好；自己顶可贵，只要指导，帮助他们去发展自己，便是极贤明的办法。

予同说：“我们得让子女在大学毕了业，才算尽了责任。”SK说：“不然，要看我们的经济，他们的材质与志愿；若是中学毕了业，不能或不愿升学，便去做别的事，譬如做工人吧，那也并非不行的。”自然，人的好坏与成败，也不尽靠学校教育；说是非大学毕业不可，也许只是我们的偏见。在这件事上，我现在毫不能有一定的主意；特别是这个变动不居的时代，知道将来怎样？好在孩子们还小，将来的事且等将来吧。目前所能做的，只是培养他们基本的力量——胸襟与眼光；孩子们还是孩子们，自然说不上高的远的，慢慢从近处小处下手便了。这自然也只能先按照我自己的样子；“神而明之，存乎其人”，光辉也罢，倒霉也罢，平凡也罢，让他们各尽各的力去。我只希望如我所想的，从此好好地做一回父亲，便自称心满意。——想到那狂人“救救孩子”的呼声，我怎敢不悚然自勉呢？

正月里的思念

刘学敏

父亲喜欢过年，他似乎想把所有日子都浓缩在一个祥和的正月里来过。“每逢佳节倍思亲”，父亲离去后的这四个春节，对于我来说，身边永远少了那个最亲近、最重要的人，因为少了他，每到春节临近，我内心深处就开始惶惑不安，这种不安伴随我度过整个正月。失去了父亲，我就永远失去过年时完整的欢乐了吗？遗憾，注定深沉地伴随人一生。父亲走了以后，我竟只能用回忆的碎片来补缀起我们父子在一起的那些日子。

回忆中，父亲带我上街前，每次都是用蘸了水的木梳梳我的小分头，给我的鼻尖儿和脸蛋儿上点上几块雪花膏，然后慢慢抹开。过年前是最冷的日子，父亲去买年货，我的手总是被父亲拉着、焐着。父亲的大手厚实而又温暖，而这时，整个冬天的寒冷全焐热在父亲的大手里了。

我遗憾的是当父亲衰老下去而我壮大起来的时候，没有能够多多地拉着他的手，多多地陪他说说话。而当他终于被疾病击倒的时候，这位曾经为我家撑起一方天地温暖，庇荫这个家的男人，竟像一个羸弱无助的孩子，让人可怜，让人心疼。这时我终于抓着父亲的手相依相偎地和他说说话了，可是父亲竟很快撒手而去。

平时的贫穷让父亲不安，而过年让父亲足以表现出他作为一家之主的价值和重量。父亲无数次对我提起他跟随爷爷奶奶从河北老家闯关东来的时候，父亲的舅舅写的一封信：此去奉天山高路远，倘若把银钱花尽，到那时进退两难……他憎恨爷爷对家庭不负责任胡乱花钱的行为，父亲坚信的生活经验是，过日子要有“过河钱”。每个春节，父亲一定要把一年到头积攒起来的钱拿出来一大部分，叫全家老小高高兴兴地过个“肥年”……在父亲最后的日子，因为不舍得花钱而耽搁了治疗，他要给我母亲和他年少的小孙子留下一些钱来“过河”。

腊月二十三小年这天，全家老小要扫房，到了年三十，火炕上铺上了软乎乎的炕被，墙上贴上了年画。我最喜欢《西厢记》《白蛇传》《柳毅传书》等连环年画，一颗混沌未开的心沉醉在崔莺莺、白素贞、许仙、柳毅、小龙女、龙王爷和法海大和尚的神奇故事中。“一夜连双岁，五更分二年”“又是一年芳草绿，依然十里杏花红”，父亲把这些美好的春联贴上门框，同时嘱咐全家，过年要喜兴，不许生气吵架。奶奶活着的时候，父亲会等待子时鞭炮声响起，然后率领全家恭恭敬敬地给我奶奶磕头。我家的正月，和和气气，乐乐呵呵，丰衣足食。

三十和初一，父亲把戏匣子的音量调得很响，相声大会热烈而喜庆；外屋的父亲和母亲炸油条、炸丸子、蒸馒头、蒸豆包、包饺子、炖肉……父亲母亲在蒸腾的热气中忙来忙去，一个清贫的家此时温馨而富有！有一年春节前，父亲神奇地从寄卖商店买回来一部手摇唱机还有十几张二手唱片，其中有马季、郭全宝的相声《打电话》和著名评剧演员马泰演唱的评剧《向阳商店》。评剧唱词是这样的：“咱弟兄，三十年前学徒把苦日子过，受的那些罪，比那天上的星星还要多……”我们全家都学会了。马季相声里边的“喂……老张啊,不对？老李呀？不对……老王啊？还不对？啊,你是耗子！”“车上有座你坐着，没座你就站着呀。”“左边数第四根电线杆子你在那儿等我——喂，可别上电线杆子上边等我去呀！”那份笑疼了肚子的欢乐，永远难忘！

不过年的日子，父亲每到礼拜天要给全家改善生活，他亲自为我们炒菜：没有肉的炒白菜，放很多红辣椒；花生米在大勺里扒拉熟了再倒上油，他很专业地指导我：咬一口窝窝头吃三粒花生米，香！

三年困难时期，为了给全家增加一些口粮，父亲在浑河中间的河滩地种了一小片荞麦，收获的季节，第一道河的小木桥被冲毁了。不识水性的父亲犹豫了很久，才挽起裤管背起我小心翼翼地下了河。到河中间的时候，平时只有齐腰深的河水没到了胸部，父亲只好原路折回。回头望着那片荞麦地的时候，父亲的眼神叫我揪心。

一次和父亲聊天，蓦地发现，父亲老了；父亲的老，是不可更改的事实，然而我这颗当儿子的心却永远地郁郁不乐了。

现在每看见八九十岁仍然身体健康、精神矍铄的老年人，我立刻会想起在七十七岁那年被重感冒击倒的父亲。眼睁睁地看着和自己血肉连着血肉的父亲，一点一点地离开自己，真是人间最残酷的事实。我知道，如果我们家有很多钱，父亲就不会执拗地在家里挺着。还有父亲对当下医院里的乱开药和医疗事故心存深深的成见和警觉。

又到了过年的时候，又开始了对父亲的思念。无奈！

亲爱的老父亲，母亲和我们过年都好，你好吗？

母亲的时钟

王鲁彦

二十几年前，父亲从外面带了一架时钟给母亲。一尺多高，上圆下方，黑紫色的木框，厚玻璃面，白地黑字的计时盘，盘的中央和边缘镶着金漆的圆圈，底下垂着金漆的钟摆，钉着金漆的铃子，铃子后面的木框上贴着彩色的图画——是一架堂皇而且美丽的时钟。那时这样的时钟在乡里很不容易见到；不但我和姊姊非常觉得稀奇，就连母亲也特别喜欢它。

她最先把那时钟摆在床头的小橱上，只允许我们远望，不许我们走近去玩弄。我们爱看那钟摆的晃摇和长针的移动，常常望着望着忘记了读书和绣花。于是母亲搬了一个座位，用她的身子挡住了我们的视线，说：“这是听的，不是看的呀！等一会儿又要敲了，你们知道呆看了多少时候吗？”

我们喜欢听时钟的敲声，常常问母亲：“还不敲吗，妈？你叫它早点敲吧！”

但是母亲望了一望我们的书本和花绷，冷淡地回答说：“到了时候，它自己会敲的。”

钟摆不但自己会动，还会嘚嘚地响下去，我们常常低低地念着它的次数；但母亲一看见我们嘴唇的翕动，就生起气来。

“你们发疯了！它一天到晚响着，你们一天到晚不做事情吗？我把它停了，或是把它送给人家去，免得害你们吧！……”

但她虽然这样说，却并没把它停下，也没把它送给人家。她自己也常常去看那钟点，天天把它揩得干干净净。

“走路轻一点！不准跳！”她几次对我们说，“震动得厉害，它会停止的。”

真的，母亲自从有了这架时钟以后，她自己的举动更加轻声了。

她到小橱上去拿别的东西的时候，几乎忍住了呼吸。

这架时钟开足后可以走上一个星期。不知母亲是怎样记得的。每次总在第七天的早晨不待它停止，就去开足了发条。和时钟一道，父亲带回家来的，还有一个小小的日晷。一遇到天气好太阳大，母亲就在将到正午的时候，把它放在后院子的水缸盖上。她不会看别的时候，只知道等待那红线的影子直了，就把时钟纠正为十二点。随后她收了那日晷，把它放在时钟的玻璃门内。我们也喜欢那日晷，因为它里面有一根指南针，跳动得怪好看。但母亲连这个也不许我们玩弄。

“不是玩的！”她说，“太阳立刻就下山了，还不赶快做你们的事吗？……”

这在我们简直是件苦恼的事情。自从有了时钟以后，母亲对我们的监督愈加严了。她什么事情都要按着时候，甚至是早起、晚睡和三餐的时间。

冬天的日子特别短，天亮得迟黑得早。母亲虽然把我们睡眠的时间略略改动了些，但她自己总是照着平时的时间。大冷天，天还未亮，她就起来了。她把早饭煮好，房子收拾干净，拿着火炉来给我们烘衣服，催我们起床的时候，天才发亮，而我们也正睡得舒服，怕从被窝里钻出来。

“立刻要开饭了，不起来没有饭吃！”

她说完话就去预备碗筷。等我们穿好衣服，脸未洗完，她已经把饭菜摆在桌上。倘若我们不起来，她是决不等待我们的，从此要一直饿到中午，而且她半天也不理睬我们。

每次当她对我们说几点钟的时候，我们几乎都起了恐惧，因为她把我们的一切都用时间来限制，不准我们拖延。我们本来喜欢那架时钟的，以后却渐渐对它憎恶起来了。

“停了也好，坏了也好！”我们常常私自说。

但是它从来不停，也从来不坏。而且过了两三年，我们家里又加了一架时钟了。

那是我们阴配的嫂嫂的嫁妆。它比母亲的一架更时新，更美观，声音也更好听。它不用铃子，用的钢条圈，敲起来声音洪亮而且余音不绝。

我们喜欢这一架，因为它还有两个特点：比母亲的一架走得慢，常常走不到一星期就停了下来。

但母亲却喜欢旧的一架。她把新的放在门边的琴桌上，把揩抹和开发条的事情派给了姊姊。她屡次看时刻都走到自己的床边望那架旧的。

“你喜欢这一架，”母亲对姊姊说，“将来就给你做嫁妆吧。当然，这一架样子新，也值钱些。”

我想姊姊当时听了这话应该是高兴的。但我心里却很不快活。我不希望母亲永久有一架那样准确而耐用的时钟。

那时钟，到得后来几乎代替了母亲的命令了。母亲不说话，它也就下起命令来。我们正睡得熟，它叮叮地叫着逼迫我们起床了；我们正玩得高兴，它叮叮地叫着，逼迫我们睡觉了；我们肚子不饿，它却叫我们吃饭；肚子饿了，它又不叫我们吃饭……

我们喜欢的是要快就快，要慢就慢，要走就走，要停就停的时钟。

姊姊虽然有幸，将得到一架那样的时钟，但在出嫁前两三个月，母亲忽然要把它修理了。

“好看只管好看，乱时辰是不行的，”她对姊姊说，“你去做媳妇，比不得在家里做女儿，可以糊里糊涂，自由自在呀。”

不知怎样，她竟打听出来了一个会修时钟的人，把他从远处请到家里，将那架新的拆开来，加了油，旋紧了某一个螺丝钉，弄了大半天。母亲请他吃了一顿饭，还用船送他回去。

于是姊姊的那架时钟果然非常准确了，几乎和母亲的一模一样。这在她是祸是福，我不知道。只记得她以后不再埋怨时钟，而且每次回到家里来，常常替代母亲把那架旧的用日晷来对准；同时她也已变得和母亲一样，一切都按照着一定的时间了。

我呢，自从第一次离开故乡后，也就认识了时钟的价值，知道了它对于人生的重大的意义，早已把憎恶它的心思一变而为喜爱的了。因为大的时钟不合用，我曾经买过许多挂表，既便于携带，式样又美观，价钱又便宜。

我记得第一次回家随身带着的是一只新出的夜明表，喜欢得连半夜醒来也要把它从枕头下拿来观看一番的。

“你看吧，妈，我这只表比你那架旧钟有用得多了，”我说着把它放在母亲的衣下，“黑角里也看得见，半夜里也看得见呢！”

但是母亲却并不喜欢。她冷淡地回答说：“好玩罢了，并且是哑的。要看谁走得准、走得久哇。”

我本来是不喜欢那架旧钟的，现在给她这么一说，我愈加发现它的缺点了：既式样古旧，携带又不便利，而且摆置得不平稳或者稍受震动就会停止；到了夜里，睡得正甜蜜的时候，有时它叮叮敲着把人惊醒了过来，反之，醒着想知道是什么时候，却须静候到一个钟头才能听到它的报告。然而母亲却看不起我的新置的完美的挂表，重视着那架不合用的旧钟。这真使我对它发生更不快的感觉。

幸而母亲对我的态度却改变了。她现在像把我当作了客人似的，每天早晨并不催我起床，也并不自己先吃饭，总是等待着我，一直到饭菜冷了再热过一遍。她自己是仍按着时间早起，按着时间煮饭的，但她不再命令我依从她了。

“总要早起早睡。”她偶然也在无意中提醒我，而态度却是和婉的。

然而我始终不能依从她的愿望。我的习惯一年比一年坏了：起来得愈迟，睡得也愈迟，一切事情都漫无定时。我先后买过许多表，的确都是不准确的，也不耐久的；到得后来，索性连这一类表也没用处了。

但母亲却依然保留着她那架旧钟：屋子被火烧掉了，她抢出了那架旧钟，几次移居到上海，她都带着那架旧钟。

“给你买一架新的吧，不必带到上海去。”我说。母亲摇一摇头：“你们用新的吧，我还是要这架用惯了的。”

到了上海，她首先拿出那架旧钟来，摆在自己的房里，仍是自己管理它。

它和海关的钟差不多准确，也不需要修理添油。只是外面的样子渐渐老了：白地黑字的计时盘这里那里起了斑疤，金漆也一块块地剥落了。

至于母亲，自从父亲去世后也就得了病，愈加老得快，消瘦下来，没有精力做事情。

“吃现成饭了，”她说，“一切由你们吧。”

她把家里的事情全交给了我和妻，常常躺在床上睡觉。但是她早起的习惯没有改。天才一亮，她就起床了。她很容易饿，我们吃饭的时间就不得不和她分了开来。常常我们才吃过早饭，她就要吃中饭。她起初也等待我们，劝我们，日子久了，她知道没办法，便径自先吃了。

“一天到晚，只看见开饭，”她不高兴的时候说，“我还是住在乡下好，这里看不惯！”

真的，她现在不常埋怨我们，可是一切都使她看不惯，她说要住到乡下去，立刻就要走的，怎样也留她不住。

“乡下冷清清的没有亲人。”我说。

“住惯了的。”

“把你顶喜欢的子孙带去吧。”

但是她不要。她只带着她那架旧钟回去。第二次再来上海时，仍带着那架旧钟。第三次，第四次……都是一样。

去年秋季，母亲最后一次离开了她所深爱的故乡。她自知身体衰弱到了极度，临行前对人家说：“我怕不能再回来了。上海过老，也好的，全家在眼前……”

这一次她的行李很简单：一箱子的寿衣、一架时钟。到得上海，她又把那时钟放在她自己的房里。

果然从那时起，她起床的时候愈加少了，几乎一天到晚都躺在床上，而且不常醒来。只有天亮和三餐的时间，她还是按时地醒了过来。天气渐渐冷下来，母亲的病也渐渐沉重起来，不能再按时去开那架时钟，于是管理它的责任便到了我们的手里。但我们没有这习惯，常常忘记去开它，等到母亲说了几次钟停了，我们才去开足它的发条，而又因为没有别的时钟，常常无法纠正它，使它准确。

“要在一定时候开它，”母亲告诉我们说，“停久了，就会坏的，你们且搬它到自己的房里去吧，时时看见它就不会忘记了。”

我们依从母亲的话，便把她的时钟搬到了楼上房间里。几个月来，它也很少停止，因为一听到它的敲声的缓慢无力，我们便预先去开足了发条。

但是在母亲去世前的一个月里，我们忽然发现母亲的时钟异样了：明明是才开足二三天，敲声也急促有力，却在我们不注意中停止了。我们起初怀疑没放得平稳，随后以为是孩子们奔跳所震动，可是都不能证实。

不久，姊姊从故乡来了。她听到时钟的变化，便失了色，绝望地摇一摇头，说：“妈的病不会好了，这是个不吉利的预兆……”

“迷信！”我立刻截断了她的话。

过了几天，我忽然发现时钟又停止了。是在夜里三点钟。早晨我到楼下去看母亲，听见她说话的声音特别低了，问她话老是无力回答。到了下半天，我们都在她床边侍候着，她昏昏沉沉地睡着，很少醒来。我们喊了许久，问她要不要喝水，她微微摇一摇头，非常低声地说：“不要喊我……”

我们知道她醒来后是感到身体的痛苦的，也就依从着她的话，让她安睡着。这样一直到深夜，我们看见她低声哼着，想转身却转不过来，便喂了她一点点汤水，问她怎样。

“比上半夜难过……”她低声回答我们。

我觉得奇怪，怀疑她昏迷了。我想，现在不就是上半夜吗，她怎么当作了下半夜呢？我连忙走到楼上，却又不禁惊讶起来：原来母亲的时钟已经过了一点钟了。

我不明白，母亲是怎样听见楼上的钟声的。楼下的房子既高，楼板又有二层。自从她的时钟搬到楼上后，她曾好几次问过我们钟点。前后左右的房子空的很多，贴邻的一家，平常又没听见有钟声。附近又没有报时的鸡啼。这一夜母亲的房子里又相当不寂静，姊姊在念经，女工在吹折锡箔，间而夹杂着我们的低语声、走动声。母亲怎样知道现在到了下半夜呢？

是母亲没有忘记时钟吗？是时钟永久跟随着母亲吗？我想问母亲，但是母亲不再说话了。一点多钟以后她闭上了眼睛，正是头一天时钟自动地静默下来的那个时候。

失却了一位这样的主人，那架古旧的时钟怕是早已感觉到存在的悲苦了吧？唉……

父亲的教诲

谢尚发

一直以来，我都自认是个怯懦的人，腼腆、羞涩还略带胆小。甚至某些时候，做一些稍微出格的事情，就畏畏缩缩，动弹不得。五六岁的时候，夜里一个人出门提心吊胆。十来岁的年月里，似乎长大了,带着一群村子里的孩子,整夜整夜地玩。那时候不害怕黑夜，许是因为小伙伴一起人多罢了。现在走南闯北，无所畏惧，颇有些脱胎换骨的味道。而这种种改变，基本上都来自父亲的教诲。

小学毕业，十来岁的年纪，懵懵懂懂去了镇子上的中学里，读了初中。或许是初生牛犊不怕虎的无畏，竟然也和班里一个镇上的坏孩子干了一架。人家大概看不上我这乡下来的毛孩子，不放在心上。颇觉得有了几分任侠的习气。我学习成绩在班级里还不错，被派到学校参加语数外的竞赛，除了数学排名第五，语文和英语都是前三的成绩。一下子，整个人膨胀了起来，以为全年级自己也是能够数得上了。岂不知，因为班级风气不太好，自己当了瘸子里面的将军。以致后来越发骄傲起来。等到初三毕业考试，原形毕露，根本没有资格去县城读书。

也许是失败得痛彻心扉，也许是悲惨得无地自容，那个夏天，不知道是从哪里来的勇气，每天坐在家里待客的方桌前，在本子上写下了许多的励志言辞：在哪里跌倒，就在哪里爬起！失败不可怕，承认失败才是最可怕的……完全是一个乡下励志少年的形象。现在想来有些可笑。父母忙里忙外地干活挣钱，根本没有注意到我的心理变化。一个人抛在黑暗之中挣扎，但不服输的精神也确实在，邻居都劝我说，赶快出去打工，挣钱盖房子，娶媳妇。但那时反复想到的是，难道我的一辈子就也这样交代了吗？绝不能这样。

那时候我的内心渴望读书。然而渴望越是强烈，对于未知的远方的恐惧就越累积到无以复加。突然就觉得自己像是一个想要摘星星月亮的孩子，越是想要就越是离得远了。暑假马上过去，再不报名，恐怕上学的梦就彻底破灭了。于是壮着胆子，和父亲说了自己的想法。父亲是支持我们读书的，但是在父亲的脸上我却读出了复杂的心情：渴望中有惶恐，忧虑中充满了期盼。父亲对于我们兄弟姐妹们上学，向来有一个观念：不管砸锅卖铁，只要我们想上学，他都支持。他宁愿苦了自己，也不愿意耽误子女的前程，让我们忍受人生的失败所带来的创痛。反倒是我自己，说过后，又担心起前途来，不知道路途远近，也不知道该往哪里走。听了我的略带彷徨和迷茫的犹豫，父亲很冷静、镇定地说了他的意见，一语点破了我的迷惑——年轻人，还怕闯吗？不知道路怕啥，鼻子底下不就是路嘛！父亲就是那种生活中的实干家，而不是漫无边际的幻想者。

在以后的岁月中，父亲的话总是萦绕耳际，不管碰到什么事情，总能想起父亲说的——年轻人，还怕闯吗？于是真的就闯去了。那一天，骑着家里的自行车，从艾亭镇往北，在张集镇往东，走哇走，自己到底走了多远，走了多久，心中完全不知道，那远方所许诺我的到底是美好的未来，还是一次灭顶之灾的打击。过了一条河，向小商贩问了路，终于到达了学校所在地——滑集镇，心中一阵欢喜，汲汲以求的远方，原来只要你走了，其实就近在眼前，并不真的就遥远。当时心里的疲惫、欣喜、委屈一股脑地全部汇聚在一起，骑上车子，竟然无声地流泪了。远方到底有多远呢？谁又知道呢？往前走吧，或许走过许多个村子，许多个集镇，远方的远方，就在眼前呢。父亲的话无形中推开了一扇大门，敞开着人生许多未解的奥秘，穿过迷雾重重的阴霾，清晰了生命中许多想不到的未知，从此，那句简单的话，似乎给自己铺就了一条人生的坦途，去飞奔，去驰骋，去自由泼洒。

那次我顺利地报了名，回到家，将消息说给父亲，他欣喜之中又有几分窘迫与叹息。家里真是太穷了，已经无法筹钱交上区区五百元的学费。但父亲仍是那个坚强的父亲，他爱着他的子女，谋划着子女们的幸福，更操心着他们的将来。于是，父亲二话没说，第二天，就找人来商议，卖掉家里的几棵大树。记得是六棵高大笔直的白杨树，栋梁之材的，却一共才卖了一千块钱——人家知道父亲急用钱，就故意压低价。父亲明知吃亏，仍旧很坚决地说了句：给钱就卖，不管多少。那时，已经是秋天了，我拿着卖树得来的钱，有些沉重，却也是兴冲冲地去滑集中学报了名，才有了此后的种种。

十年树木，百年树人，我要感谢那几棵为了我上学而牺牲的树木。正是它们，成全了我的现在。同时我也知道，那十年树木里隐藏着的是父亲对我以后人生路的启示，是看上去更无价的百年树人。

大地的子宫

周齐林

1

20世纪80年代,村后的油格屏山上树木茂盛,时而有老虎出没,擅长狩猎的乡里人空手而去，总会满载而归。山上弥漫着野味，山下的田地里绿油油，满是稻谷的清香，乡里人日复一日几乎把所有的时间都放在了田地里，纤细的禾苗在他们的精心照料下，变成一串串沉甸甸的闪烁着金黄光亮的稻穗。大地肥沃，一切显得生机勃勃，土壤里正孕育着一个个新的生命。

那时母亲刚从几里外的东里村嫁过来，作为村里排得上号的美丽姑娘,母亲面色红润,腰肢细软,乌黑的长发里散发着诱人的发香。母亲不仅漂亮，还是做农活的好手，吃苦耐劳，一人能挣一个半的工分。她挑着一担一百多斤的稻谷行走在田埂上，健步如飞。乡里人见了，都暗暗佩服。父亲个子矮小壮实，但做木匠在方圆几里颇有名气。在父亲的几封情书下，做木匠出身的父亲终于把母亲娶回了家。

1984年11月,那个阴雨绵绵的夜晚,怀胎十月的母亲生下了我,而此刻父亲正在外地给一个富裕人家做木匠活。

秋末，连绵的细雨裹着丝丝寒气下了整整一周，田地里金黄的油菜伏倒在地，在雨水的浸泡下渐渐腐烂。母亲见了一脸心疼，她顾不上自己单薄的身子，用了一个下午把浸泡在水中的油菜收割上岸。一整个下午下来，母亲全身几乎被汗水浸透。当晚，母亲就发病了，全身空落落的，一股酸痛隐隐在骨子里弥散开来。接下来她一连打了半个月吊针，病情才稍有缓解。风湿性关节炎就这样开始隐匿在她骨子里许多年，并在时光的推移下张牙舞爪。凭着好手艺，父亲每次做完木工，总会带回来几斤肉给母亲补身子。父亲十分细心地给母亲煲汤，在浓烈的香味里，我看见父亲对母亲的爱意。浓浓的香味弥漫在整个房间，这幅画面，成为我记忆中最温情的一面。在父亲的照顾下，母亲的风湿病慢慢得到了控制。

20世纪90年代初期，打工的浪潮迅速席卷到农村的每一个角落，父亲的木匠生意慢慢变得冷清起来，生活慢慢变得穷困，我们变得面黄肌瘦。1996年的夏天，做木匠的父亲跟着乡里人去了南方打工。刚到南方那段时间，父亲像一尾搁浅的鱼，迟迟找不到事情做，他挣扎着，祈求早日回到大海里。一连两个月，父亲没有寄钱回来，家里穷得揭不开锅。母亲经常倚靠在门前，默默朝远方张望。为了弥补家用，母亲想着各种弥补家用的法子。

绿色意味着希望。初夏时节的田埂上，毛豆粗硬的茎秆上挂满饱满的豆荚，豆荚浑身布满细细的绒毛，嫩绿的豆荚在阳光的照耀下闪闪发光，显得青翠可爱。为了弥补家用，母亲想到了田埂上的毛豆。

次日黄昏时分，母亲挎着一个大竹篮出去了。快天黑时，我远远地看见母亲回来了。竹篮里盛满毛豆。晚饭后，母亲忙完家务，把我们召集起来。在昏黄的灯光下，母亲带着我们开始马不停蹄地剥起来。昏黄的灯光把母亲弓着的身子折射在满是灰尘的墙壁上，一颤一颤，左右晃动着。

剥到十二点，我支持不住了。母亲看着我一脸疲惫的样子，命令我们赶快上床睡觉。我迟疑着。哥比我懂事，坚持着说不困，要留下来。昏沉里爬上床，很快我便入睡了。夜半醒来，门檐下的那盏灯依然亮着，昏黄的灯光把夜色涂抹成一个遥远的童话。伴着光晕，能听见母亲和哥剥毛豆发出的声音。

次日醒来时，我看见哥的大拇指都剥肿了，而母亲天蒙蒙亮时就已起来，挎着剥好的毛豆赶集去了。晌午时分，我欣喜地看见母亲篮子里的毛豆没了，换来的却是满篮子的生活用品、蔬菜和一些肉。吃饭时，母亲说毛豆卖两块钱一斤，一共卖了三十五块钱。母亲边说边冲着我们笑，脸上鼻子上满是细密的汗珠。

黄昏里，我站在门槛上，看见豆荚的青绿在烈日的暴晒下变成枯黄的色泽。青翠欲滴的毛豆，在裹着缕缕绒毛的豆荚的结实保护下，紧密地包裹着两粒嫩绿的毛豆。豆荚的保护，避免了田间害虫对于毛豆的侵袭和吞噬，避免了暴风雨的袭击和吹打。

多年后，剥落在地的豆荚常让我想起四处奔波的母亲，而豆荚紧密包裹着的青豆则常常让我想起年幼时的我们。

母亲就用这三十五块钱支撑着接下来那几日的生活开支。下一次赶集的前一天黄昏，母亲挎着篮子，又带上了我们，去田埂边摘足满篮子的毛豆。一晚上，一竹篮的毛豆剥完，天边已露出一丝鱼肚白。这回母亲兴冲冲地把一塑料盆的毛豆端到墟上，到散墟时，毛豆还剩下一半没卖完。到最后，母亲无奈，贱价卖掉剩下的一大半，剩余的便带回家。母亲买了一点猪肉，就着剩下的毛豆，炒了一盘毛豆子炒肉，算是犒劳我们兄弟俩。正是嘴馋的我们吃得津津有味，而一旁的母亲紧锁的眉头里弥漫着忧与愁。

次日上午，母亲带着我们哥俩来到村里刘阿婆家两亩地宽的稻田前，拔稗子。上午十点，烈日当头，阳光十分恶毒。一阵热浪袭来，让我浑身禁不住一阵颤抖。这片两亩宽的稻田因无人伺候，已长满了稗子。卑微的稗草密密麻麻地隐藏在稻苗之间，真假难辨，它们偷偷吸食着稻苗的营养，疯狂生长。稻田里还残留着一些水，双脚踩在田地里，会发出扑哧扑哧的响声。我一脚踩进田里，齐腰深的稻子就差不多把我淹没了。稗子为了安全地吸食稻田里的养分，故意把自己装扮成稻子的模样。这种以假乱真的易容术，曾经把我陷入两难的境地。后来在母亲的帮助下，我迅速认清了稗子的真实面目，稻苗分叶处有毛，而稗子则没有。

两亩地的稻田在我幼小的眼里显得十分宽阔，站在稻田的一角，我迅速感到了自己的渺小。天气愈来愈热，到了晌午时分，空气仿佛凝固了，原本微微摇摆着身躯的稻子开始变得纹丝不动。我们挥汗如雨。黄昏时分，晚风吹拂时，我们终于上岸了。一旁宽阔的土路上铺满了我们拔出来的稗子，一辆装满货物的板车从上面压过，稗子发出疼痛的呻吟声。

傍晚，母亲去喂猪了，她吩咐我去刘阿婆家拿拔稗子的四十块钱。我在夜色里飞奔着，来到村后山脚下的刘阿婆家。刘阿婆两手颤抖着从叠了好几层的钱包里，拿出四张十块的递给我。临走时，刘阿婆两只生满老茧的手拽着我的胳膊说，小林子，你妈妈这么辛苦供养你们哥儿俩读书，以后长大了千万要孝顺，不要像我这两个孩子一样，简直就是败家子，就像田里的稗子一样。刘阿婆的两个儿子不孝顺，一年到头很少寄钱回家，对他们二老不管不顾，在她眼里，他们都成了只知索取的稗子。年幼的我对这样的比喻感到稀奇，多年后才知晓败家子的败字是从稗子的稗演变而来的。与刘阿婆相反，我对稗子的情愫里含着一丝怜爱与亲切。凡夫俗子命运的卑微与稗子极其相似。我从母亲身上，看到一棵稗子的坚韧与顽强。稗子作为稻子的祖先，就因争夺了稻子生长的养分，而遭到了人类的围追堵截。

母亲把一大捆稗子背回了家，扔在了牛圈里。昏黄的灯光的映照下，家里那头黄牛津津有味地咀嚼着食槽里的稗子。人们眼里视为敌人一般的稗子，在一头牛眼里，却成为一顿美味。大地哺育出的稗子，以另外一种方式喂养着我们。一棵卑微的稗子里，却承载着一家生存的重压。

2

午后，母亲一觉醒来，屋外一阵卖凉粉的声音传入她耳中，她疾步走到屋外，见一与她年龄相仿的妇人正挑着担子戴着草帽，喊着“卖凉粉了卖凉粉，两块钱一碗”，声音拉得很长，带着一股余音在半空中回荡着。一碗凉粉就卖两块，我们熬夜剥好的毛豆才卖两块一斤。对，卖凉粉！母亲拍了拍桌子，发出啪的一声响，像是吹响了冲锋的号角。当天晚上，母亲就去了一趟姑姑家。姑姑早年擅长做凉粉，母亲是向姑姑取经去了。

多年后，每逢夏季，我闭上眼睛，眼前就浮现出母亲年轻时在微凉的晨曦里做凉粉的情景：她半弓着身子，双手伏在石板上，不停揉搓着那一小袋用纱布装好的木瓜籽，整个身子上下起伏着，木瓜籽在长久的揉搓下变得黏滑无比，直至手中的木瓜籽慢慢失去黏滑时，母亲才缓缓站起来，长长地舒一口气。一个小时后，那一桶黏糊糊的水像是被施展了魔法一般，凝固成了母亲想象中的凉粉，她半蹲在水桶边，久久地凝视着，嘴角不经意间灿烂地笑了起来。睡梦中的我恍惚中看见母亲的模样，像晨风里被风吹拂的花朵，摇曳着身姿，笑靥如花。

烈日缓缓升起，释放出的万丈光芒烘烤着大地万物，晨曦的雨露化为风里的一丝热气。此刻，母亲头戴旧毡帽，肩挂湿毛巾，挑起担子出发了。担子左边是用毛巾覆盖着的碗筷，右边是新鲜滑嫩的凉粉。我站在门槛边巨大的阴凉里，看着母亲一步步走进烈日深处，晃动的担子在她肩膀上发出咯咯的响声。拐了一个弯，母亲就不见了，我匆忙跑到屋后，一直看到她消失在我的视线里才回到屋内。

在午后苍白炽热的阳光里来回走动着，很快我额头上就爬满汗珠。我站在村头的那条马路上朝远处张望，却始终不见一个人影。蜿蜒的马路像一条烫死的蛇，此刻正冒着滚烫的热气。哥哥做好饭菜后又加入了我的行列，我们一起朝马路的尽头张望着，一直到饿了才起身往回走。

一直到黄昏时分，余晖落尽，阳光变得柔和，母亲才挑着担子出现在家门口，一天的暴晒，母亲满脸通红，像是一块在火炉里锻造许久的铁，刚刚从火堆里取出来一般。见母亲一脸欣喜地归来，我迅速拿起水瓢，去井边舀了一瓢清凉的井水递到她手里。母亲咕噜几声而饮尽，我站在她跟前，清晰地看见她的咽喉上下起伏着，浓重的鼻息声在我耳边响起。喝完水，母亲一脸骄傲地解下系在胯间的钱包，一个倒扣，包里的钱纷纷落了一地，一块的、五块的、十块的纸币，它们皱巴巴地聚集在一起，堆积成一块小山丘，呈现在我和母亲面前；还有五毛、一块的硬币坠落在地发出清脆的响声，像是在演奏一曲悦耳的凯旋之歌。母亲和我相视一笑，顿时变得兴奋无比起来。我们盘腿而坐，一张张、分毫不差地清算着，数了一遍又一遍，直至母亲脸上露出满意的笑容。数完，母亲小心翼翼地从中抽出一张一块的，递给我，作为对我的奖励。于是暑假时，每晚的黄昏时分，都成为我幼小心里的一个节日。

当然也有例外。一次，回来时，母亲显得异常疲惫，她一边吩咐我们去里屋拿药膏，一边挽起裤腿，母亲摔破的膝盖，渗出几丝鲜血来，血沾湿了裤子。我们一脸担心地问母亲怎么了，母亲却笑着说，没事，不小心摔了一跤。

几天后我们从婶婶那里才知道实情，原来母亲挑着凉粉去山里卖，卖完凉粉从山路上回来时天已擦黑。走到山林里的小路时，碰到两个穿着花哨的地痞流氓。他们一个放哨，一个佯装吃凉粉，借着母亲打凉粉的缝隙，一下子抢走了母亲的钱包。母亲心一慌，拽住钱包，却一脚被一个流氓踹倒在地，走了几步，他又转身回来，一脚踹在装凉粉的水桶上，只听咔嚓一声回荡在耳边。这一次母亲几乎空手而归，盛放凉粉的塑料桶中间裂开一道巨大的口子，几乎分成两半。

烈日下，母亲肩上那桶凉粉，在桶里那几块冰块的浸泡下，变得清凉无比。在日复一日的奔跑里，冰块的冷透彻到骨子里。母亲挑着担子四处奔跑，桶里的冰凉映衬着她的汗流浃背。多年后我才知道，从母亲挑着凉粉在烈日下四处奔波的那一刻开始，生命的那股寒冷与冰凉就开始在她身上驻足下来。她用自己生命的热量温暖着我们的成长，自己却一点一滴地凉下去，母亲生命的那股冷是从腿部的骨头开始的。

3

每天新闻联播之后的天气预报，她总是早早地坐在电视机前，天气预报说晴时，母亲眉头舒展，若是连日阴雨绵绵，她就眉头紧蹙，一副心事重重的模样。母亲，这个很少把情绪挂在脸上的女人，这个一直把内心疼痛隐藏起来独自咀嚼的女人，此刻却小孩子一般让天气左右着情绪。当村里人都抱怨着烈日的毒辣时，母亲却一脸兴奋地在烈日下奔跑着，满脸汗水。

母亲开始在烈日暴晒的大地上奔跑起来，方圆几里的大街小巷都沾满了她的足迹。

酷暑时节，人多的地方是卖凉粉的好去处。我和哥哥是走读生，每天都是回家吃饭。母亲每天早上出去卖凉粉前，都是先做好饭菜放在锅里热着。

那天中午吃完饭回到学校，远远地，我看见学校的后门聚集着许多人。踮起脚，我隐约看见母亲那张熟悉的脸，细密的汗珠爬满她的额头，她正忙着给人打凉粉。看着母亲浑身被汗湿润的样子，我心底顿时一疼。我迅速走过去，走到中途，看见自己暗恋已久的那个女孩子正在买凉粉喝。我犹豫着，忽然掉转方向，朝教室走去。趴在课桌上，假寐着，眼睛却时刻盯着教室门外的方向，母亲那张被烈日晒得通红的脸不时闪现在我眼前，让我感到内疚不安。几分钟后，我暗恋的这个叫兰的女孩端着一碗凉粉走进教室。我看着她一勺接着一勺地把凉粉舀进嘴里，静静地喝着，一阵凉风透过窗户袭来，吹乱了她的发梢。一碗清凉的凉粉，混杂了母爱的味道，还有一份爱恋的青涩。

时间变得异常难熬，终于，丁零零，上课的铃声激烈地响起来。聚集在学校后门的人渐渐散去，我隐约看见母亲挑着担子匆匆离去，两个保安催促着，厉声呵斥着以后不允许来了，扰乱学校教学秩序，再来就要没收一切东西。几分钟后，比我高一年级的堂姐出现在教室门口。我迅速跑到教室门外，堂姐一边递给我两个苹果和一根香蕉一边说，林林，这是你妈妈刚才叫我拿给你吃的。我把苹果和香蕉放进课桌里，上课的缝隙，不时看它们一眼，像是在为自己的内心赎罪。苹果在我内心深处有着别样的情愫。十多年后，一个寂静的午后，在省城医院的病房里，我一边握着病床上母亲的手，看着她安然入睡；一边盯着床头柜上的一袋子苹果陷入一阵虚无的冥想中。同样是苹果，但时过境迁，人生境遇已是天壤之别。

村子里有个小赌场，像一块巨大的磁铁般，把村里懒散的人吸过去。他们一整天待在里面，用以打发无聊的时间。他们盯着手里的牌，眼底放出光来，转瞬又黯淡下去。

从学校出来，母亲挑着卖剩的半桶凉粉去赌场卖，刚卖掉三碗凉粉，还没来得及收钱，派出所抓赌的警察突然从天而降，一时间满屋子的人乱了阵脚，胡乱捂着钱，仓皇而逃，母亲使劲护着手中的那桶凉粉，慌乱之中，桶子被人踢了个底朝天，半桶的凉粉流了一地。母亲几乎哭出声来，这凉粉是她的命根子，她靠这个养着两个孩子上学。

4

母亲的风湿病又犯了。几年前那股聚集在一起，挥之不去的冷意，开始渗透到母亲的骨子深处。

一次，早上还是天晴，中午时分却来了一场突如其来的暴风雨，母亲挑着凉粉恰好行走在一片无避雨之处的旷野里，回来时全身湿淋淋的，桶里的凉粉却完好如初。母亲蜷曲着身子躺在床上，她紧弓着身躯，使劲把自己拧成一张即将射出去的弓，仿佛只有如此，才能把渗透进骨头里的疼痛挤压出去。

母亲的风湿病又犯了。母亲生我那年，下地挽救浸泡在田地里的油菜，犯下的风湿病病根，此刻变得肆无忌惮，它开始露出狰狞的獠牙，撕咬着一个人的骨头。年长后，我慢慢认识到，就像农民种下嫩绿的秧苗，生活里你不小心种下的疾病的种子，随着岁月的增长，它会逐渐疯长成啃食你生命营养的一棵稗子。这棵稗子，会在你生命开始苍老时，疯狂地繁殖。

床头上，母亲紧咬着牙，不让自己吭声，但潮水般汹涌而来的疼，瞬间就把她淹没了。她喘着粗气，额头上冒出一阵阵虚汗。

母亲递给我五块钱，微凉的夜色中，我飞奔着往四里之外隔壁小镇的一个药店跑去。那里有专治风湿性关节炎的药，母亲已吃了好几年。我也在夜色中疾走着，夜风从耳边呼啸而过。我把那一二十粒用白纸包裹着的细小药丸紧握在手掌心，在夜风里飞速奔跑着。许多年后，当我在异乡漂泊的夜里回望故乡，总会看见那个少年，在夜色里奔跑，喘着粗气，细密的汗珠爬满额头。

我一路跑到家里，母亲依旧躺在床上，平日里泛着红晕的脸，此刻变得惨白惨白。母亲颤抖着手服下药，很快睡去。细小的药丸功效如此显著，这一晚母亲睡得很沉。深夜我和哥哥听着母亲响起的均匀的鼾声，心底备感踏实。许多年后，当我参加工作，我才知晓这种药丸之所以见效如此之快，是因为里面含有比较多的激素。它在能达到立竿见影的效果的同时，也埋藏下了致命的危险。

5

人，气聚则成形，气散则随风而逝。天气作为万物的浓缩之核，天气的阴晴不定，暗暗隐喻着人生的跌宕起伏与祸福相依。生命的冷意一旦聚集，寒风细雨便多起来。多年前，母亲卖凉粉时遭遇的那场暴风雨，多年后开始在她的生命里激烈地下了起来。

那是高三下学期临近高考时，母亲一连好几日吃不下，浑身无力，月经来得毫无规律。一次我从学校归来，母亲带着我上山挖草药，我们一人一把锄头在山间的土地上寻觅着草药的踪迹。母亲几锄头下去额头便满是虚汗。

草药挖回来，服用几日，效果甚微。酷热的夏季，乡里的汉子袒胸露乳躺在凉椅上纳凉，母亲却浑身发冷，蜷曲着躺在床上，需要盖两床被子来抵挡来自骨子深处的那股凉意。每次小便，母亲总要在马桶上枯坐很久，她蜡黄的脸上愁云密布。趁着母亲转身进屋的缝隙，敏感的我跑到马桶边，看见马桶里有一摊紫色的血迹。母亲开始屙血了。

2003年6月，非典暴发的高峰时期，高考前几天，高三毕业班提前放假，我提着一大包行李回到家，屋子里却空荡荡的。父亲给我留了一张字条，叫我安心高考，他带母亲去省城南昌治病了。一晚无眠，夜里总是梦见母亲被病痛折磨的样子。梦中，一具棺材出现在我面前时，我顿时惊醒过来。窗外，夜凉如水，环顾四周，我一脸冷汗。我决定去省城南昌看望母亲。

天微亮时，我坐上了去往县城的大巴。到县城，才知晓去往省城的汽车都已暂时停运了。非典肆虐时期，每个村都有人把守在村口，对从外回来的人员都要进行体温测量和严密监控。绕了一圈，我又回到了学校。

高考前夕，定居在县城的老姑父和老姑妈一路打听路人，问到我住的宾馆。年近七旬的他们紧握着我的手，叫我安心高考，不要想太多。我紧抿着嘴，说好。他们陪我聊了很久。走时，看着他们蹒跚的脚步，想起千里之外的母亲，我眼底忽然一热。我躲到暗处，使劲仰起头，不让自己流下泪来。

几夜无眠，那一年高考，本想给父母亲一个好消息的我，却还是发挥失常了。高考后，提着满袋子的书本回到家，刚走到院落里，就看见形销骨立的母亲坐在后门的板凳上。我叫了声“妈”，不争气地流下泪来。母亲转身回头，见是我，眼眶顿时湿润起来。母亲看着我，我久久地看着母亲，相视无语。母亲紧握着我的手，不停地说，哭啥，妈不是还在吗？一切会慢慢好起来的。

母亲最终做了子宫切除手术。子宫切除后，母亲的性格变得暴躁了很多，枯坐在家里的母亲会无端地发脾气摔镜子。家里已经欠了许多外债，父亲犹豫再三，最终还是选择了出去。一个月后，在一个细雨迷蒙的清晨，父亲再次踏上了外出打工的路。父亲嘱咐我照顾好母亲，母亲子宫切除后性格会有点暴躁，要多体谅她。我默默点头，站在马路边，目送着父亲的背影渐渐消失在马路尽头。

三个月后，陪母亲去省城复查，我静坐在弥漫着福尔马林气息的医院走廊上，耳边响起啼哭声、急促的脚步声，随后是死一般的寂静。不远处，冰凉的机器在暗处发出淡绿的光，仿佛夏季时分墓地里闪烁的磷火。我一脸焦虑。几分钟后，当看见母亲一脸灿烂地走出诊疗室时，那块久久压在我心头的巨石终于落了下来。

回去的车上，窗外微风轻拂，青草在风里摇曳着身姿。看着母亲脸上洋溢着的笑容，一股重生般的感觉瞬间在我心间流淌开来，那么强烈那么充满希望。我倚靠在车窗前，冲窗外的一花一草微笑着，感觉全世界都在向我微笑，像初生的婴儿，世界在眼里如此新奇如此美丽。在日渐荒芜的内心里，一朵希望之花突然绽放开来，花香顿时弥漫整个心房。

回到家，已是黄昏，炉火已熄灭多日，母亲和我在院落劈柴生火煮饭，火苗弥漫开来，淡淡的炊烟缓缓升起，朝天际飘去。这幅简单却温馨的场景，充满象征意味，多年以后一直在我脑海深处回荡着，每次想起，我久居樊笼的心总会得到或深或浅的涤荡。

一个月后，我去了邻县的一个中学复读，母亲拖着虚弱的身体一直把我送到村口。在学校时，我担心着大病初愈的母亲能否照顾好自己，每天晚自习后总会第一个跑到学校的公共电话亭给家里打电话，当那边的电话响起，却久久没人接听时，我就会特别担心起来。放下电话，走到中途，我又匆匆跑到电话亭边再一次拨起了电话。

很久，当电话那边响起母亲熟悉的声音时，我才放下心来。原来母亲睡着了。

6

许多年后的今天，母亲已年近六十，满身的疾病让她过度地衰老下来。她在村头的小路上走着，蹒跚着步履，晚风吹乱了她鬓边的白发，难以根治的顽疾像一个加速器，安装在她体内，加速着她的衰老。深秋的黄昏，微凉的空气里，田野里遍地的金黄，映照着她眼底的那丝苍凉。

寂静的午后，她倚靠在凳子上打了一个盹，醒来，看见一个卖凉粉的女人吆喝着从她眼前一晃而过。她睁开眼，往事顿时翻涌心头，像是看到了许多年前的自己。眨眼间，几十年已悄然而逝。她要了三碗凉粉，然后想叫醒午睡的我们，我和哥哥端着凉粉围绕在她身旁，恍惚间一切仿佛回到从前，咯咯的笑声碎了一地，随后便陷入沉重的静默和虚无之中。院落里二十年前栽种的木瓜树已经枝繁叶茂，母亲说，等她走了，就把她埋葬在这棵木瓜树下，这样还可以守家。

收拾屋子时，翻出一张老照片。母亲拿着照片久久端详着，照片随着手指的抖动而微微颤抖着。黑白照片上，年轻的她长发披肩，笑容灿烂，脸上弥漫着代表青春和健康的红晕。黑白两色营造出的光影世界里，散发着来自时间深处的光芒。这样的光芒，如此灿烂和刺眼。一张照片，让另一个自己穿越时光的迷宫，与此刻的自己重逢、汇聚、叠加在一起。她们彼此细细端详着，像失散多年的亲人，陌生与熟悉交织在一起。

像是得到某种强烈的提示，母亲放下照片，拿出裤兜里随时携带着的那块小镜子。她低下头，凝视着镜中的自己，而后又看一眼一旁的照片，一种强烈的反差感迅速在她心底蔓延开来。老了。她在心底叹息了一声。在那块细小的镜子的映射下，她第一次如此清晰地看见自己手臂上密集的老年斑，脸上的皱纹纵横交错地聚集在一起，像是在密谋着下一次时光的偷袭。她捂着自己的肋部，忽然感到一丝疼。她能隐约感到在她苍老的躯体内，秘密萎缩的器官正逐步退化。她深呼一口气，在缓缓吞吐而出的气息里，仿佛闻到了腐朽的气息。

照片中，她的手指光滑修长，弥散着青春的活力和气息，细小的血管里，血液似乎欢快、畅通无阻地流淌着。风湿性关节炎，几十年病痛的纠缠，把她灵巧的双手变成了一弯蜷曲着的弓，弓上锈迹斑斑，满是时间的老茧。她走在路上，阵阵隐疼牵引着她，她放慢脚步，仿佛听见水肿的膝盖骨上下摩擦时发出的哗哗声。

六十岁，是否意味着已走过人生抛物线的顶端，往泥土深处滑落下去。以前，关注天气的细微变化成了卖凉粉的母亲的一道功课，她准时地出现在电视机前，按着电视机里科学预测出的结果来安排自己的出行。几十年后的几天，水肿的膝盖，让她拥有了预知天气的能力，这带着强烈的反讽意味。她躺在床上，蜷曲着身躯，紧咬着牙，从膝盖提前到来的阵阵隐痛中预知着天气的阴晴变化。

时光充当了最好的魔法师，当初面色红润、腰肢细软、浑身散发着青春健康气息的母亲在几十年的时光里迅速变老，她生满老茧的双手像皲裂的树皮。黄昏里，母亲坐在门前的板凳上，默默注视着远方的那一片田野。蜿蜒交汇的河床是大地的血管，被污染拥堵的河流，仿佛被病菌侵袭的血液。人在变质的河流里，莫名其妙地患病死去。大地是人类的母亲，漆黑的土孕育着人的成长。大米、蔬菜、床板……一切来源于大地的土壤。人在泥土的喂养之下慢慢成长，最终又深埋在一小块泥土深处，静静地躺在大地的怀抱里，像一个熟睡的婴儿。一切回归到原点，初洗如婴。

多想成为你的骄傲

边凌涵

赭红色皮质沙发，左侧明显与右侧不同——皮色黯淡，面上崩开细微的裂纹，前端鼓鼓囊囊，像一个身怀六甲的孕妇，坐上去，能感觉到人是往下陷的，一不留神还会向前滑去。可父亲喜欢坐在那里，任由发福的身躯将它压得喘不过气。当他扭动屁股调整坐姿，沙发随之发出嘎嘎吱吱的声音，似表达不满，又似苟延残喘。母亲有时会开玩笑，说瞧你爸，整个人像个水桶，都要滑下来了。转头看他，左手撑在沙发扶手上，支着脑袋，一条腿伸出顶着茶几，另一条腿弯曲放在沙发上。是父亲放松时的样子。心却突然间被一只无形的手揪了一把，酸疼酸疼。因为这样的坐姿，恰恰显示出他的困乏与疲惫。

而我总无法接受父亲正在逐渐老去的事实。我愿意相信，他只是累了，只要睡上一觉，第二天他又会精神奕奕，神采飞扬，不是在办公室里排兵布阵，就是在院子里拿着把大剪子，手起刀落，刀落手起，然后草木疯长的枝枝丫丫就铺了一地。

可是鬓角顽执的白发坚定不移地出卖了他，虽然他不时会去理发店用化学物质封阻时间的践踏。无法将视线在上面停留多一秒，我怕自己会难过得哭出来。

怕自己还未强大到可以无所畏惧披荆斩棘，让你为我感到骄傲，你就这样垂垂老去。更怕一生都达不到你的要求，不能令你满意，最后成为你不愿承认的一件失败的作品。我从来都没有跟你说过，其实你的肯定，是我用尽气力想要换取的只言片语。而你，从来没有表扬过我。

即使我知道，你爱我。

初三那年，我忙于应对中考，父亲的事业则刚刚起步。他晚上回来的时候，我已经睡了，我早起去上学，他还没起床。时间的错位导致日常交流变得奢侈而珍贵。于是想出一个以信代话的方式。“爸爸：晚安。”“女儿：早上好。”常常是如许简单的对话，却因为来自父亲的温暖，让我一整天都充满了能量。

有时他回来得早，我并没有完全睡熟，我能听见台阶上他走路的声音，然后家门被轻轻打开，又被悄悄合上。他到衣帽间来换鞋，路过我的房间。皮鞋被脱下来放在鞋架上，棉质拖鞋一起一落，脚步就落在了我的房门口。小小地期待着，眼睛却闭得紧紧，呼吸保持均匀，要把睡着的样子装得很好。父亲拧开门进来了，轻手轻脚地来到我的床前。我知道他在看我，黑咕隆咚中，他能看出什么？俯下身帮我掖好被角，他的手指轻划过我的脖颈，有一点点痒。我想笑来着，拼命忍住。或许，让我发笑的不是因为那一点点痒，而是对于自己的装睡没有被他发现的小小得意。他转身出去了，我睁开眼睛，看到门外的灯光慢慢消退，而后一切复入安静。奇怪的是，之前若因为种种原因睡不着，现在闭上眼，就能沉沉睡去。似乎，父亲回了家，家，也就有了坚强有力的保护盾。这是一种无与伦比的踏实与满足。

有人说，身为教师的父母，往往教育不好自己的子女。事实上，父亲曾执教鞭站于三尺讲台之上大谈几何之美，而数学却长年累月地作为我的一处软肋令我头疼无比。他试图教过我，可是我一直开不了窍，到后来他忙于工作实在也分不出身，对我的一对一家教模式算是彻底终结。幸好高三时我们班里调来了一位教学经验丰富又极有耐心的数学老师，不知怎的对于那些什么圆哪椭圆哪双曲线哪我总算是有了那么点概念，空间想象不行，套套公式总还是会的，于是乎，我的数学成绩终于有了那么点回春的意思。

印象中，父亲对我的学习管得不多，一是工作忙，二是大概还算放心吧。高考前的几次模拟测试，我的成绩都还比较稳定，虽然离自己的目标可能还需要再蹿一蹿，但至少没有发挥太离谱的情况。唯一让他觉得有点担心的，恐怕是我的心态问题了。而这一点，我从后来十几年的生活经验中发现，其实也是遗传自他。

6 月即将到来，班里的恐慌情绪不断滋生蔓延。除了拼白天的辰光，大家还在夜里狂下苦功，一个个都熬成熊猫眼，在第二天的早自修上哈欠连天。整个高三，我没有超过晚上 11 点睡觉的记录，因为父亲说，有好的睡眠才有好的精神去投入学习，若拖延时间只是一种心理安慰，真的毫无意思。但是准点睡觉，不代表一定能睡着。有时想着心事，也会在床上翻来覆去，长吁短叹，怎么都不踏实。所以说，临门一脚，很多时候拼的已经不是实力了，而是心态。而要命的是，这恰恰是我的短板。

离高考还有一周，学校放了三天假让我们回家调整休息。晚上，我坐在沙发上看李咏主持的《幸运 52》，规定时间内猜题拿奖品，屏幕外的我看得比他们还紧张。手心汗涔涔的，抹在短袖睡衣上。看到一半，父亲回来了。他放下包，换了拖鞋，走到我的身边坐下。那一晚，他破天荒地跟我聊起了考试，之前十几年，大小考试不下百场，他从来都没有这样开导过我。聊天的大部分内容其实我都忘了，唯有几句话记忆犹新，至今仍不时闪现脑海，让忙碌的我偶尔会静下来思索片刻。父亲说，全浙江有二十多万考生，文科生大概有近十万，比你优秀的不计其数，你如果一心往上比，是没有尽头的。你们学校最好的是不是一个姓华的？假设你超过他又怎么样，比他好的还有很多很多。所以最重要的不是你要比谁好，而是你有没有发挥出自己的实力。还有一句话，他说，重视过程，忽略结果。

整个谈话过程，李咏富有磁性和激情的声音一直不停地闯入我的听觉系统。偶尔父女冷场，我就瞥一眼，瞥一眼，可最后还是漏看了结果。那个长得像周迅的女生，她到底拿到了终极大奖没？

劝人的时候，我们常说，过程比结果更重要，可我们的天真终究会败给世界的冷酷法则——成者为王，败者为寇。那些画了八十万张图纸，摞起来有六层楼那么高，最后票房一败涂地的电影，又有谁记得它的名字，关心它诞生背后付出的汗水和心血？

所以对于结果，父亲心里，其实比我在乎一百倍。

大四上学期，我决定报考北京某所高校的硕士研究生。考试那天，父亲与我，分坐不同航班，从两个地方奔赴北京。他说是陪我过去玩一趟，可说到底，还是不放心。考试当天早晨，先是体检，要抽血，空腹排队等候。长龙一般的队伍，有不少家长站在子女身边，给他们拿东西，或者陪他们说说话。父亲有事回宾馆了，我一个人站在叽叽喳喳的队伍中，随着人群的前移慢慢挪动。一间空教室，一排长课桌，穿白大褂的医生动作娴熟，扎针抽血跟揉面粉做包子似的，家常事儿一桩。毛毛躁躁地，我坐下来，一挥手竟然扎上了医生拿在手里的针头。手指立马跑出大滴的血珠，医生柳眉倒竖，眼神中流露出那种国家医药器材被浪费的心痛和怨怒，不情愿地给我一张创可贴。我忍着惊慌和疼痛，伸出另一只胳膊。

早知道，我就应该坐着休息一会儿的。才抽那么一小管血，谁想就晕了呢。站在楼梯上的队伍里等着接下来拍X光，我感觉自己的头越来越重，脚越来越轻，眼前的光线开始由彩色转蓝再变成黑白，我摸索着从裤兜里掏出手机，屏幕上的字已经看不清楚了，仅凭最后一点光，我拨出了父亲的电话。然后，弓着身，眼前暗黑一片，跌跌撞撞地，走下楼梯，一屁股坐在门口的小花坛边上。

原本有贫血，加上没吃早饭又抽了血，一下子供血不足，就晕了。坐下来，等血慢慢回转全身，很快就没大碍了。急匆匆地跑来，父亲找到我的时候，自己也快晕掉了。因为他太胖，跑了几步路就出了一身汗，而且还喘个不停，有事的那个人，倒像是他。看着他双手叉在腰上，大肚子一颠一颠的，我心里突然涌过一丝难过和感动。难过的是，他已不再年轻，我却还不能让他省心；感动的是，仿佛不管何时何地，只要我需要他，他就能第一时间赶到我身边，为我挡风遮雨。

这些年与父亲相聚的时间越来越少，因为我离家工作，而他也去往另一个城市开始又一次创业。他很少给我打电话，我打给他的次数也不多，打了也无非问一下最近身体好不好，工作忙不忙，末了总是以一句“爸爸你要保重身体哟”收尾。整个聊天过程干巴巴的，像一块被拧干了水分的毛巾被人随意搁置在面盆架上。和他讲话之前我会先打一遍腹稿，但即使这样我依然会莫名地紧张，像一个懵懂的学生惶恐着准备接受老师的教诲。我们的关系变得越来越不像父女，少了家长里短的闲情碎意，更多的是报告工作，听从指令。他不时批我的想法“太幼稚”，行为“不够稳重”，而我则因为太想证明自己的“成熟”和“稳重”，所以很多时候都在说完必要的话之后选择了沉默。都说父爱如山，其实我都懂的。之所以一直坚持着想找到自己的路，也是因为想让你看到，你的女儿，真的是可以做出那么点事情出来的。

犹记得小时候，我坐在你的腿上，晃荡着两条小胖腿，听你在客厅里与朋友论时事，聊家常。你的博学多识，让我因为是你的女儿而觉得无比满足。多么希望，有一天，你也会因为是我的父亲，而备感骄傲。

这辈子最爱的人

常 草

我的家在一个偏僻的山村，父母都是面朝黄土背朝天的农民。

我有一个小我三岁的弟弟。有一次我为了买女孩子们都有的花手绢，偷偷拿了父亲抽屉里五毛钱。

父亲当天就发现钱少了，就让我们跪在墙边，拿着一根竹竿，让我们承认到底是谁偷的。

我被当时的情景吓傻了，低着头不敢说话。父亲见我们都不承认，说那两个一起挨打。说完就扬起手里的竹竿，忽然弟弟抓住父亲的手大声说，爸，是我偷的，不是姐干的，你打我吧！父亲手里的竹竿无情地落在弟弟的背上、肩上，父亲气得喘不过气来，打完了坐在炕上骂道："你现在就知道偷家里的，将来长大了还了得？我打死你这个不争气的。"

当天晚上，我和母亲搂着满身是伤痕的弟弟，弟弟一滴眼泪都没掉。

半夜，我突然号啕大哭，弟弟用小手捂住我的嘴说，姐，你别哭，反正我也挨完打了。

我一直在恨自己当时没有勇气承认，事过多年，弟弟替了我挡竹竿的样子，我仍然记忆犹新。

那一年，弟弟八岁，我十一岁。

弟弟中学毕业那年，考上了县里的重点高中。同时我也接到了省城大学的录取通知书。

那天晚上，父亲蹲在院子里一袋一袋地抽着旱烟，嘴里还叨咕着，俩娃都这么争气，真争气。

母亲偷偷地抹着眼泪说争气有啥用啊？拿啥供啊？

弟弟走到父亲面前说，爸，我不想念了，反正也念够了。

父亲一巴掌打在弟弟的脸上，说，你怎就这么没出息？我就是砸锅卖铁也要把你们姐俩供出来。

说完转身出去挨家借钱。

我抚摸着弟弟红肿的脸说，你得念下去，男娃不念书就一辈子走不出这穷山沟了。弟弟看着我，点点头。

当时我已经决定放弃上学的机会了。

没想到第二天天还没亮，弟弟就偷偷带着几件破衣服和几个干巴馒头走了，在我枕边留下一个字条：

姐，你别愁了，考上大学不容易，我出去打工供你。弟。

我握着那张字条，趴在炕上，失声痛哭。

那一年，弟弟十七岁，我二十岁。

我用父亲满村子借的钱和弟弟在工地里搬水泥挣的钱终于读到了大三。

一天我正在寝室里看书，同学跑进来喊我，梅子，有个老乡在找你。怎么会有老乡找我呢？

我走出去，远远地看见弟弟，穿着满身是水泥和沙子的工作服等我。我说，你怎和我同学说你是我老乡啊？

他笑着说，你看我穿的这样，说是你弟，你同学还不笑话你？

我鼻子一酸，眼泪就落了下来。我给弟弟拍打身上的尘土，哽咽着说你本来就是我弟，这辈子不管穿成啥样，我都不怕别人笑话。

他从兜里小心翼翼地掏出一个用手绢包着的蝴蝶发夹，在我头上比量着，说我看城里的姑娘都戴这个，就给你也买一个。我再也没有忍住，抱着弟弟哭起来。

那一年，弟弟二十岁，我二十三岁。

我第一次领男朋友回家，看到家里掉了多少年的玻璃安上了，屋子里也收拾得一尘不染。

男朋友走了以后我向母亲撒娇，我说妈，咋把家收拾得这么干净啊？

母亲老了，笑起来脸上像一朵菊花，说这是你弟提早回来收拾的，你看他手上的口子没？是安玻璃时划的。

我进弟弟的小屋里，看到弟弟日渐消瘦的脸，心里很难过。他还是笑着说，你第一次带朋友回家，还是城里的大学生，不能让人家笑话咱家。

我给他的伤口上药，问他，疼不？他说，不疼。我在工地上，石头把脚砸得肿得穿不了鞋，还干活儿呢……

说到一半就把嘴闭上不说了。

我把脸转过去，哭了出来。

那一年，弟弟二十三岁，我二十六岁。

我结婚以后，住在城里，几次和丈夫要把父母接来一起住，他们都不肯，说离开那村子就不知道干啥了。弟弟也不同意，说姐，你就全心照顾姐夫的爸妈吧！咱爸妈有我呢。

丈夫升上厂里的厂长，我和他商量把弟弟调上来管理修理部，没想到弟弟不肯，执意做了一个修理工。

一次弟弟登梯子修理电线，让电击了住进医院。我和丈夫去看他。

我抚着他打着石膏的腿埋怨他，早让你当干部你不干，现在，摔成这样，要是不当工人能让你去干那活儿吗？

他一脸严肃地说，你怎不替我姐夫着想着想呢？他刚上来，我又没文化，直接就当官，给他造成啥影响啊？

丈夫感动得热泪盈眶，我也哭着说，弟呀，你没文化都是姐给你耽误了。

他拉过我的手说，都过去了，还提它干啥？

那一年，弟弟二十六岁，我二十九岁 。

弟弟三十岁那年，才和一个本分的农村姑娘结了婚。

在婚礼上，主持人问他，你最敬爱的人是谁，他想都没想就回答，我姐。

弟弟讲起了一个我都记不得的故事：我刚上小学的时候，学校在邻村，每天我和我姐都得走上一个小时才到家。有一天，我的手套丢了一只，我姐就把她的给我一只，她自己就戴一只手套走了那么远的路。回家以后，我姐的那只手冻得都拿不起筷子了。从那时候，我就发誓我这辈子一定要对我姐好。

台下一片掌声，宾客们都把目光转向我。

我说，我这一辈子最感谢的人是我弟。

在我最应该高兴的时刻，我却止不住泪流满面……

春漫漶

沈念

南方的四月，阴雨绵绵，看得见的潮湿爬满每一件事物的肌肤。父亲正是在这个春天最难堪的时间段病倒住院。病因是脑梗塞，右边手脚麻痹，不听使唤，令人猝不及防。我听到消息，从京城回乡，渐次递入眼中的葳蕤的新绿，在婆娑的雨中萌发，却一点也不灵动。脑梗塞，我反复咀嚼着这个突如其来的词语，在民间中，它等同于中风、偏瘫，一个人的后半生要跟一张床或一把轮椅相伴。

五十九岁的父亲把自己搬进老家县城的中医院，在亲人朋友的记忆中，他为人大大咧咧，行事干净利落；他年轻入伍，一贯自诩练就一副好身体，除了多年烟龄曾经造成支气管炎的病史，以及胸闷失眠外，从未诞生其他不适；他敌视医院，他吹嘘从来去医院都是看望别人。

然而，病袭如山倒。父亲清晨一觉醒来，发现右侧肢体麻木无力，手脚不听使唤。“敌视”的他只能举单手投降。送到医院检查，结果为脑梗塞。

父亲说，之前两天他就有不祥感觉，右手乏力，举箸不稳，脑鸣厉害，走路时跑“单边”。“无缘无故”，他的总结激起家人的抨击。“怎么会无缘无故呢？是积劳成疾。”“加上这段时间阴冷潮湿，寒从脚起，我早说过‘春要捂’，毛衣毛裤先不要脱。”……母亲在一旁数落。

仿佛父亲的这场病成了潮湿春天的罪过。

24床，父亲有了一个数字名字。他那么安静地躺在24这个数字上，睁开眼睛看着输液管中药水一滴滴地把时间带走，简式床头柜上摆着熬好的中药，还有尼莫地平片、阿司匹林肠溶片。现在的父亲，感到了身体的孱弱，生命的虚无。曾经强大的敌视早已粉碎，医生的药嘱言听计从。喜欢历史战争片的他开始关注电视一档健康节目，他认真记下那些能降压、软化血管的蔬菜、水果，及什么时间段食用效果最佳。

父亲是个性格急躁的人，难以忍受医院异常的安静。穿孕妇装的护士很会安慰，四十五到七十岁的中老年人，都易患脑梗塞，已经是常见病了，不是大问题，就权当休息。主治医生说，对这种造成神经功能障碍的脑血管病，治疗主要原则是改善脑循环，阻止朝劣方向发展，过了七天复发期没恶化，就容易治疗了。

父亲躲在被子里掰着左手指头，一项项地排除。他倔强地要找到真正的诱因，因为医生说的那些因素他都不曾有过。他对我们说，去年他去广州帮姑妈打理酒吧，虽然常常熬夜但在白天补上了睡眠。今年初在母亲所在学校的食堂帮忙，劳动强度也不算大。每天抽烟的支数一降再降……我说，有许多隐疾是不为人知的，劝慰他不要精神郁闷、过分紧张，一切波动的情绪都对治疗无益。他先是点头，却又总要对母亲的照顾百般挑剔，声音震响到过道。父母亲结婚三十多年，就没间断过磕磕碰碰，可他们仍然在一起，也许一辈子也改变不了。别争了。我有时轻声地劝阻一句，像和事佬一样。对我这个不能常回家陪在身边的儿子，他们会知趣地选择安静下来。

我赶到父亲身边时，他已经住院治疗了九天。为了迎接我的归来，他剃掉了拉碴的胡子，凌乱的头发梳得略有分寸。见面之后的问候轻声翼翼，我从父亲的神情中读到一些隐藏的快乐。母亲后来告诉我，他不让人告诉我住院的事，却又不时念叨我在北京的学习生活，甚至对我归途中因事耽搁的一天耿耿于怀。我接过母亲手中的活，帮父亲按摩右手。过去这只在我的身体和内心留下温暖的手，仿佛悄然变成身体舞台上的装饰道具。没有恢复知觉的手，指头蜷曲，皮肤触摸到的是冷沁、粗糙和硬化，被时间和病痛侵蚀的改变令人大骇，动人心魄。另一只手背，起皱的皮肤和暴起的血管上，星罗棋布地驻扎着紫色的针眼，无可避免地激起旁观者心中一阵疼痛。我劝慰父亲保持平稳情绪，学会保养身体。其实我是在缓解自己的紧张，我不敢想象一个终日躺在病床的父亲，会带来家庭生活怎样的“转身”。

天气跟随父亲身体的起色有了好转的迹象。我回家第二天下午，太阳从云层勉强挤开一条裂缝，它的露脸虽然短暂却让潮湿为之震颤。陪父亲绕着医院的池塘散步。池塘的水面上飘着一大片墨绿的莲叶,角落抛弃着几只沉在水面下的苹果核、啤酒易拉罐。死水微澜，父亲和我不约而同地说出这个词语，来自我们共同阅读的记忆。他问了我学习工作上的一些事，然后在天色暗淡的瞬间，说到了死亡。父亲说，他并不怕死，只是弟弟尚未成家，他的任务没完成。父亲又说到兄弟情谊，以及儿子对母亲该有的孝顺……我听着有些沉重，更多的是在内心排斥父子之间探讨生死的话题。我觉得死亡在还未降临的时候谈论它，是虚妄之言，毫无意义，这种自我欺骗不断加剧。当我的耐心不能够承受时，就粗暴地打断了他。我说，你这小毛病，很快就养好了。

父亲的病房是三人间，除了一个上午来吊水的中年妇女，其余时间他拥有宽裕的安静。但他毫不在乎这种宽裕。他迫切地盼望回到过去的自如行走，离开这二十四小时鼻孔里充斥着消毒水气味的空间。父亲总是说，一辈子也不愿再来医院了。我在医院守护父亲，所做的事是叫护士换吊瓶，搀扶父亲上厕所，下午四五点钟陪他到院子里散散步、说说话。更多的时候，父亲和我各自打发时间，他盯着墙壁上效果时好时坏的电视机，细嚼慢咽着发生在韩国的家事。我翻着一部名《道德颂》的长篇小说。我仿佛看见一个蒙面的医生拿着把锋利的手术刀，剔出文字中病变的器官，将既对立又溶解的男女情感肢解得鲜血淋漓、艳丽夺目。这时候，阅读让人产生意外的安静。

春天的回潮草草结束演出，漫漶的四月流水般离开。父亲有模有样地下床行走，我取笑他，又回到了小孩子学走路的时光。父亲老了。我们在即使长大之后仍不承认“父亲老了”的幻想城堡轰然坍塌。一场疾病，让过去那个能够遮风避雨、处事雷厉风行的父亲，开始如履薄冰地面对生活。在等待恢复的过程中，父亲流露出的笑容和一掠而过的忧伤，那一刻，我读到生命流逝、疾病作恶、身体与健康悲欢离合的更多内容。

后来，我一直在思考，年轻的我们对于父辈，始终是飞上高天的风筝，虽然有根线，但它飞行的方向，更多取决于风向。线只是一个符号，一个象征。我们的远离奔波，我们的理想追求，我们的貌似成功，与越来越少的近距离的关心、回报，对父辈而言，哪些更有意义？……众多不明朗的心绪从四面八方涌过来，像水流汇聚，又从身体向外四溢。

那些“流水”，是可以触摸的记忆，是分手之际，我握着父亲那只依然张开的笨拙的右手，用力一握，感受到手指的弹性，粗糙的细腻，春天的温暖……

乡愁是一个监视器

荆　方

决定给老家的双亲安装监视器，缘于弟弟的一个提议。

分别住在北、深、广的我们姐弟三人，经常在微信上讨论远在河南的父母的养老细节。有一段时间，母亲总是抱怨保姆偷东西，今天说偷了她的描花盘子，明天说偷了她的虾仁和汤圆。有一次，她非常严肃地告诉我们，保姆偷了她八千元钱，我们要是不管，她就去报警。

我们心里明白，保姆是不可能偷她八千元钱的。父母的工资由父亲保管，母亲花钱大手大脚，每月发到手的零用钱迅速用完，不可能有八千元那么多。但是母亲不依不饶，说保姆光吃闲饭不干活，说不想用保姆，自己完全能行。

这个保姆是我们姐弟三人出钱给父母请的，人很可靠。她不是全职，每天只是上午半天买菜、做饭、打扫卫生，中午就离开。我们跟母亲据理力争，让她不要冤枉保姆，但是母亲依然不依不饶。

弟弟提议给家里安装一个监视器。有新闻说，有子女通过监视器，发现家里老人被保姆虐待。于是，我和姐姐同意了。监视器安装好了，我们在手机上一打开视频，便可看见老家客厅的全貌。这真是一个划时代的机器。

安装监视器的头一个月，就发现了很多让我们姐弟三人震惊的事情。

我发现，母亲跟保姆的关系根本没有她说的那么紧张。保姆除了上午跟她一起出门买菜外，大部分时间，客厅里就她们俩。保姆和母亲一人躺一个沙发，一起看电视剧，还不时讨论剧情。而她们周围，是乱得像猪窝一样的客厅。父亲不在家吃午饭时，保姆和母亲从早晨就开始聊天。母亲高谈阔论，保姆用心听着，恰到好处地插一句，引来母亲更加热烈的高谈阔论。周围，依然如猪窝一般。

我怒不可遏地打电话回家，质问母亲，为什么不让保姆收拾房间，养着保姆就为了扯闲话吗？母亲有点猝不及防，像被我偷窥了隐私，又像被我揭了短，既恼怒又羞愧。刚开始她企图否认，但铁证如山，她就改变策略，冲着电话这边的我翻了个白眼（我用座机打电话，用手机看着视频里的母亲），说："这房间不用收拾，我看着挺好。让她（保姆）陪我说说话就行了。"

我气得给姐姐打电话告状，我们感觉这几年请保姆的钱全白花了。姐姐代表我们姐弟三人打电话给父亲。父亲的态度很暧昧，觉得这不是问题，只要老伴跟保姆聊得开心就好。

还有一件事，更让我生气。我发现母亲跟保姆沆瀣一气地骗我。平时母亲和父亲都是十点准时上床睡觉，父亲偶尔出差，保姆就全天在家陪母亲。我特意交代保姆，一定要按时伺候老太太上床睡觉，保姆也答应得很好。安装监视器的两个月后，一次父亲出差，夜里十一点半我打开视频，赫然看见客厅灯火通明，母亲和保姆正坐在客厅里津津有味地看综艺节目。

我立刻拨通家里的电话。母亲意识到我的来意，撒谎说："我都准备睡了，正要关灯呢。"我说："我看得清清楚楚，你们俩都在看电视，看的是中央三套。"我话音刚落，保姆就把电视关了。

母亲渐渐明白了监视器对她的不利，她开始抗议，说这是对她的不尊重，还企图把网线拔掉，不过都被我们一一识破。父亲的态度跟母亲相反。父亲热爱新事物，上微信、逛淘宝。他觉得监视器非常先进，并很适应被监视的生活，经常在中午吃饭时，端着酒杯（他每天中午都喝二两）冲着镜头这边的我们举杯致意。

有一次监视器坏了，父亲着急地致电弟弟，问怎么修。弟弟立刻指挥在老家的堂弟找人上门维修。三天后，监视器修好了，父亲特地在微信群里通知我们："视频修好了，欢迎观看。"

安装监视器后，发生了一件大事。有一天，我打开视频，发现母亲躺在沙发上一动不动，眼睛半闭。我打家里的电话，电话铃响着，母亲却一动不动。我立刻打电话给小姑姑。小姑姑赶到家里，发现母亲已昏迷。母亲是因为甲状腺功能减退又合并糖尿病，引起了晕厥。她的双侧甲状腺已切除，需要终身服药补充甲状腺素，但她总是忘记吃药，保姆也不提醒，久而久之酿成恶果。医生说，像母亲这种情况，如果发现不及时，会死人的。

这件事，让我们每个家庭成员都对监视器心存感激。母亲也不再嫌弃它，服服帖帖地被它监视着。

最欢乐的时候，是我、弟弟、姐姐其中一个回家时。下了飞机往家赶的时候，回家的那个孩子就在群里提醒："注意看视频，二十分钟后直播开始。"远在家乡之外的另两个，会打开视频守着看直播，比半夜起床看球赛还准时。回家的那个孩子一进门，还得意地冲监视器挥挥手，就像主持人走进直播间一样。

父亲欢快的声音从那边传来，他略带夸张地介绍自己的生活。他拿出一瓶酒说："中午喝这个，这是老二买的，据说不错。"又指着电视机，半埋怨半自得地说："哎，你弟弟上个月换的，买个这么大的！没必要嘛。"盯着视频的人听到自己的名字，露出会心的微笑，仿佛也在现场。

寒暄过后，回家的那个孩子就会进入厨房，煎炒烹炸。我们姐弟三人受父母熏陶，都喜欢美食和烹饪，无论谁回家，都会去厨房做一顿可口的饭菜。即便我们三个生活在东南西北若干年，记忆深处那几道最可口的菜肴，总能在此时被准确地想起。姐姐做的饭最丰盛，我会把视频放大，对准餐桌，依次观察桌子上的菜。视频放大会变虚，但我仅凭模糊的酱红色方块，就能准确地猜出那是黄焖带鱼还是红烧排骨。

其实，这些特别事件都是少数。监视器里记录的百分之九十都是老爸老妈枯坐在沙发上看电视的时光。他们有时候整晚不说一句话，看到十点，默默起身关掉电视，慢慢走进洗手间，再慢慢走出洗手间，路过客厅，关上灯，消失在卧室门口。

尤其在天寒地冻的冬天，他们甚至一整天都坐在沙发里，固定的姿势，固定的位置，看着同一个频道。有时候从视频里听到朱军或者朱迅的声音，就知道是那个已看过几遍的节目，但他们还是盯着荧屏，说不上感兴趣，也说不上不感兴趣。

这时候我会忍不住打个电话过去，给他们介绍几个时下正在热播的电视剧。但家里的电视没配数字机顶盒，不能看回放，而电视剧已经播过开头了。这时候我会说："等我回去给你带光碟。"父亲"嗯""嗯"地应着，听到这句，飞快地插话："你什么时候回来？"

我被问得语塞，像个被当场抓获的小偷，唯唯诺诺地搪塞几句，匆匆挂掉电话。

安装监视器半年后，很少打电话的弟弟，有一次给我打来电话。我问他什么事，弟弟东拉西扯了一会儿，终于下了决心，斟词酌句地说："你看了吗？老头儿老太太每天都无所事事地坐在那里。"我随口回答："那怎么了，不坐在那里能干什么？"说完，我就沉默了，我心里清楚他是什么意思。

没有安装监视器的时候，我们仅凭电话沟通，父母那边总是热闹的——院子里谁家添了个孙子，白白胖胖的，好玩；医院的老同事来家里看他们了，小时候还抱过我；院子里那棵梧桐树，今年花开得特别多。我们这些身处忙碌中的人，想当然地认为，父母的日子跟我们一样忙碌不堪，每天没有闲暇。

安装了监视器后，才知道父母的日子是被大段大段的空白铺满的。这些空白是荒芜的原野，没有庄稼，收割不了希望。

母亲撒谎说保姆偷东西，是想引起我们的重视，让我们参与她平淡如水的生活。那片荒芜，不是干净的地面和洁净的桌椅所能填补的。监视器把这荒芜的真相，摊在我们姐弟三人眼前。身处异乡的我们远远看着那大片的荒芜，静静地、日复一日地吞噬着衰老的父母。

本来，安装监视器是为了让我们更加心安，但安装了监视器以后，我们姐弟三人都有一种从未有过的惶恐，被滑过父母生命的每一次嘀嗒声弄得焦虑和内疚不堪。有多少像我一样的子女，年轻时远走异乡，无论混得得意还是失意，都有一个回不去的故乡。